光文社文庫

長編時代小説

関八州御用狩り

『風聲 関八州御用狩り』改題

幡　大介

光　文　社

目次

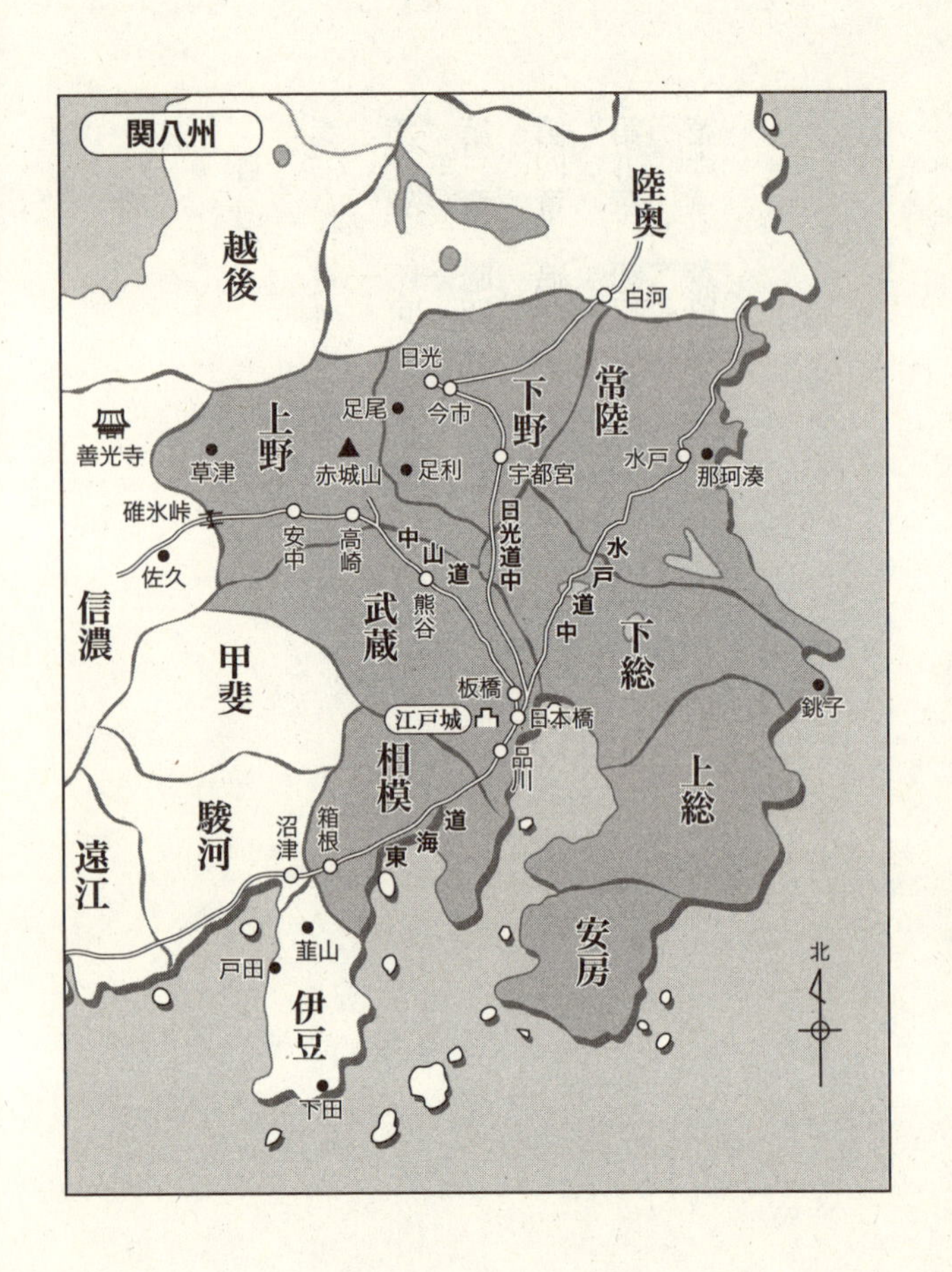
関八州
陸奥
越後
白河
日光
常陸
下野
今市
足尾
上野
善光寺
草津
赤城山
足利
宇都宮
水戸
那珂湊
碓氷峠
安中
高崎
中山道
日光道中
水戸道中
佐久
熊谷
武蔵
信濃
甲斐
下総
板橋
江戸城
日本橋
銚子
品川
相模
上総
駿河
沼津
箱根
東海道
遠江
安房
韮山
戸田
伊豆
下田
北

第一章　賞金首を追う

一

天明七年（一七八七）春――

白光新三郎は小舟に乗ってのんびりと、釣り糸を川面に垂らしていた。

歳の頃は二十代の半ば。背は高からず、低からず、中肉中背で、引き締まった体つきだ。

青々と剃り上げた月代に浮いた汗を手拭いでふくと真新しい菅笠をつけた。細い輪郭の頬と顎とで笠の緒を締める。髭は薄く、ツルリとした白い肌だ。

ピンと伸ばした背筋は武士ならではの物腰で、小舟が大きく揺れても上半身の重心はピタリと静止して、まったくぶれない。

一見、春風駘蕩たる風情で、口元には長閑な笑みなど浮かべているが、ドッシリとした腰の座りは、良く鍛えあげられた武芸者のものであった。

冷たい風が吹きつけてくる。新三郎は防寒のため、肩に道中合羽を羽織っていた。

強風に煽られて周囲の葦がザワザワと大きな音をたてた。

目を上げれば、東には赤城山の広大な裾野が広がっている。視線を西に転じれば、峨々たる山景の榛名山を遠望できた。

ここは上州、那波郡、広瀬川。利根川水系の支流である。春だというのに赤城颪は止む気配もない。数年にわたって続いた異常低温とそれが原因で引き起こされた天明の飢饉はようやくに終息したが、それでもまだ、肌寒い気候が続いていた。

「どうです、釣れますかね」

小舟の艫にしゃがみ込んだ男が訊ねてきた。

威勢の良い若衆の姿と顔つきだ。歳の頃は新三郎とほとんど変わりがない。江戸風の粋な物腰で口調は伝法だ。小袖を尻端折りにして、その上にこれも防寒のためなのか、蓑を被っていた。

「釣れんな」

新三郎は竿をあげて糸をたぐった。釣針につけた餌のミミズはそのまま残っている。ミミズの体液はほとんど流れて白くふやけていた。これでは魚は寄って来ない。

若衆が新三郎の横にやって来て川底を覗き込んだ。舟は、川岸の杭に繋いであるので流される心配はない。

「川底が白く濁っていやすね」

異様ななにかが川底一帯に沈殿している。これのために魚が逃げてしまったか、あるいは死に絶えてしまったものと思える。

試しに川の水を掬ってみると、かすかに硫黄の臭いがした。

「山焼けの灰だな」

新三郎はポツリと呟いた。餌を付け替えた針を川面に投げ入れた。

今から四年前、天明三年の七月に浅間山が大噴火を起こした。

浅間山は中山道・軽井沢宿の北方、信濃と上野の国境にある火山だ。

七月八日、噴火で発生した土石流は噴火直後の午前十時、嬬恋村を押し流し、吾妻川の谷間に沿って上野国の中心部に押し寄せて、十一時ごろ、三国街道の中之条宿に達し、十二時には高崎宿に、午後四時ごろには武蔵国との境である世良田にまで到達し、利根川を乗り越えて武蔵国の深谷に至って、ようやくに停止した。

上野国を縦断する大惨事である。さらに今度は天空から、たくさんの火山灰が何日も降り注いだ。

土石流と火山灰は今でも川底に沈み、硫黄臭を発している。

江戸幕府開闢以来の大災害であったが、なんとこれでも浅間山の噴火としては小規模のほうであったらしい。平安時代の噴火では上野国一円が灰に埋まった。鎌倉時代まで農耕が放棄されたという。

それに比較すれば今回の噴火では農村生活の復興も早かった。新三郎は周囲に目を向ける。この日も養蚕に使う桑の葉を採る女たちが散見された。

それにしても上州の女たちは働き者だ。ここに来る道すがら、農家の前を通ったが、懸命に桑の葉を摘んで蚕の世話をしていた。上州一帯の農家は収入のほとんどを養蚕に頼っている。水田から得られる収入の、何十倍もの利益が上がる。馬鹿馬鹿しくて耕作などやっていられないほどで、彼ら百姓は、自分たちが食べる分しか作物を作らない。領主も米や野菜で年貢を納められるより、絹織物で年貢を納めてもらったほうが遥かに好都合なので、田畑が遺棄されていても文句を言わない。

女達が養蚕で年貢を納めるのだ。暇な男たちは何をしているのかといえば、昼日中から酒を飲んで、博打を打っている。遊ぶ金は女たちがいくらでも稼いでくれる。

そういう土地柄なので、博徒の親分が大きな勢力を誇示している。江戸を追われた無宿人や凶状持ちなどが、庇護を求めて上州一円を流れ歩いていた。

新三郎はのんびりと釣り糸を垂れている。

魚などまったく釣れないし、期待もしていないわけだが、別段、焦る様子もない。元々武士の釣りというものはただの暇つぶしだ。漁師のように生活がかかっているわけではない。

それに、新三郎が釣り上げようとしているのは、魚などではなかった。江戸から逃げてきた悪党をこの地で捕縛しようと待ち構えていたのである。

「黒江町(くろえちょう)ノ万蔵(まんぞう)は、今頃どこを歩いているのかなぁ」

新三郎は曇り空を見上げながら呟いた。

「へぇ。さきほど繋ぎが入りやした。まっつぐ中山道を下っておりやす。上州に入ったところで大黒(おおぐろ)の旦那が仕掛ける手筈(てはず)となっておりやすぜ」

「上州の国境まで大胡(おおご)の博徒どもが迎えに出ているという話だが」

若衆はニヤリと小癪(こしゃく)に笑った。

「博徒なんてガラじゃあねぇ。上州の百姓連が渡世人を気取ってるだけでさぁ。なまくら刀を担いだ百姓衆が何十人集まっていようとも、大黒の旦那なら、なんということもなく蹴散らしやすぜ」

「そうだろうな」

新三郎は空を見上げた。春だというのに不穏な雲が流れている。

二

博徒の一団が歩いてくる。江戸の黒江町に一家を構えていた万蔵親分とその子分衆だ。

三度笠を被り、道中合羽を肩に引っかけて、長脇差を腰にぶっ差している。腕には手甲、着物は尻端折(しりはしょ)りして、足には薄い藍色のパッチ(股引)と脚絆(きゃはん)、紺色の足袋に草鞋をしっかりと履いていた。

関東平野というのは不思議な土地柄である。空気はカラカラに乾いている。上州の赤城山や、野州の日光山から吹き下ろしてくる風が黄色い砂塵を巻き上げている。万蔵たちの笠や合羽は埃を被って真っ白だ。

　にもかかわらず足元はジクジクと湿っていて、草鞋と足袋は泥まみれだ。

関東平野は縄文時代には内海であった。江戸時代になってもまだ、平野全体が大きな湖沼のようなものだった。

内陸地なのに～島や～磯などという地名が残っている。それらの場所は、かつては湖沼の中の島だったり、内海の浜辺だったりしたわけだ。

万蔵一家が旅しているのは、そういう光景の広がる関東平野だ。

　中山道は湿地の中を伸びている。幅は二間、三尺ほど高く土盛りされていた。

街道であると同時に堤防でもある。左右は見渡す限りの水田や葦の原だ。

万蔵一家は堤防を兼ねた街道を縫って旅をしてきた。堤防が切れると、そこは川で、渡し舟が客待ちをしている。今度は一家は舟に乗って北上を続けた。

　さらに街道を進むと別れ道に差しかかった。地蔵堂が建っている。田舎俠客の一団が十数名で、万蔵一家を待ち構えていた。

田舎侠客たちは一斉に笠を脱いだ。街道に片膝をつく。先頭に立つ男が両膝に手を置いて頭を下げて、万蔵とその子分衆を迎えた。

「お待ちしておりやした。あっしは大胡ノ亥三郎一家の代貸で、直吉と申しやす」

直吉は口元に小癪な笑みを浮かべながら、鋭い眼差しを上目づかいに送ってくる。黒江町ノ万蔵はチラリと笠を上げて頷き返した。

「おう。わざわざの出迎え、すまねぇな。おいらが万蔵だ。世話ンなるぜ」

「へい。黒江町の親分のお噂は、常々ウチの親分から聞かされておりやした。富岡八幡の御門前で、大層な羽振りでごぜぇやしたとか」

直吉に悪気はないのだろう、本気の追従なのであろうが、万蔵は露骨に顔を顰めた。

大層な羽振りだった大親分が、今では尾羽打ち枯らしての都落ちだ。上州くんだりの田舎侠客に匿ってもらわなければならないのだから、万蔵自身、嫌になる。

「江戸じゃあとんだドジを踏んじまって、草鞋を履くことになっちまった」

隠していても仕方がない。どうせ、亥三郎一家の者たちには、ことの次第は知れ渡っている。

「兄弟分の亥三郎だけが頼りだぜ」

直吉は得たりと頷いた。

「任せといておくんなせぇ。なぁに、黒江町の大親分さんがいつまでも片田舎でくすぶってるわけがねぇ。すぐに都に返り咲きだ。そん時ゃあ亥三郎一家もお供で都上りだってんで、あっしらは今から沸きけぇっておりやすよ」

万蔵は少し、機嫌を直した。

「さすが、亥三郎は義理堅ぇぜ。おう、いつまでもくすぶっちゃいねえ。すぐにもお江戸にとんぼ返りだ。そん時ゃあ亥三郎一家も引き連れて、富岡八幡を仕切り直してやる。兄弟分そろってお江戸で錦を飾るとしようぜ」

万蔵一家の子分衆も、ここまで旅をしてきてようやくに愁眉を開いた。江戸からの逃避行で心身ともに草臥れきっていたところに頼もしい庇護者が現れたのだ。ホッとすると同時に頬を緩めさせてもいた。

と、その時。

直吉の背後で蹲踞していた亥三郎一家の田舎侠客たちが、何に気づいたのか

「あっ」と叫んで立ち上がった。

「あれは……」

大きく見開かれた目が街道の先、すなわち、万蔵一家が旅をしてきた江戸の方向を凝視している。

あまりに訝しいその態度に、万蔵と、万蔵一家の子分衆が一斉に振り返った。

そして揃ってギョッとなった。

万蔵が腰の長脇差に手を伸ばす。

「あの野郎どもは！」

堤の上を真っ黒な塊が黄色い砂塵を巻き上げながら走ってくる。まるで巨大な黒牛が突っ込んでくるかのようだ。

漆黒の小袖に袴。総髪を大髻にして、揉み上げから頬、顎にかけて黒々とひげを伸ばしている。みるからに厳めしい浪人者だ。

巨軀である。身の丈は六尺に近い。背丈ばかりか肩幅も、さらには身体の厚みもたっぷりとあった。長距離を駆け抜けてきたせいで襟元が乱れて大きくはだけている。赤銅色に焼けた肌が汗に濡れて照り輝いている。分厚く盛り上がった大胸筋が丸見えだ。

腰には太い大小を差している。刀の鞘は黒漆塗りだが、所々が剝げて木の肌が剝き出しだ。髭も剃らず、刀の拵えの手入れもままならぬ貧乏浪人なのだが、そんなむさ苦しい形で太い眉を据え、両目を爛々と光らせながら突進してきた。

背後には、これまた一癖も二癖もありそうな男衆が数名従っている。殺気だった一団が脇目もふらずに突っ込んでくるのであった。

「畜生！」

「しつけぇ野郎だ！　まだ追ってきやがる！」

万蔵一家の子分衆が、怒声とも悲鳴ともつかぬ声をあげた。

亥三郎一家の田舎侠客たちには事情がさっぱりわからない。

「あいつらは、いってぇナニモンですかい」

直吉が訊ねた。

万蔵の目は血走り、満面にフツフツと玉の汗を浮かべている。

「あの野郎どもは、江戸の『追い首』だい！」

「追い首？　そいつぁいってぇ、なんなんで」

「俺たちを捕まえて、江戸に送り返そうっていうヤツらだ」

「役人ですかぇ」

「違う！　賞金稼ぎどもだ！」

追い首の一団は走る勢いを緩めない。先頭の浪人者が腰の刀を抜きはなつ。刀身が分厚く、腰反りのきつい剛刀だ。

「関わりのなき者は引けィ！　我らが狙うは万蔵一人！」

浪人者が吠える。むさ苦しい髭面と大きな体軀に似合いの野太い声だ。

万蔵一家の子分衆が、斬りあいに邪魔な三度笠を天高く放り投げた。肩の合羽も脱ぎ捨てる。身軽になって長脇差を抜いたのだが、その表情は恐怖に凍りつき、目を気弱に泳がせている。タジタジと後退した。

万蔵が直吉に向かって怒鳴った。

「追い首のやつら、江戸からの道中、何度も俺たちを襲ってきやがったんでぃ」

万蔵一家も江戸ではそれと知られた武闘派の博徒だ。喧嘩に慣れた子分衆が揃っている。彼らの奮戦で追い首の襲撃をその都度撃退してきたのだが、子分衆の恐怖に引きつった顔つきを見れば、それが苦戦の連続であったことがわかる。

一方、追い首の恐ろしさを知らぬ亥三郎一家の田舎俠客たちは、相手はたかだか数名。こちらは関八州にその名を轟（とどろ）かせた上州博徒だ。上州は剣術の本場でもあるので浪人剣客など珍しくもない。恐れることなく踏み出していった。

直吉も笠を捨て、合羽を捲りあげて長脇差の柄を剝き出しにさせた。

「親分の大事な客人だ！　江戸の浪人なんぞに指一本たりとも触れさせるんじゃねぇぞ！」

田舎俠客たちを叱咤しながら前に出て、万蔵一家を背後に庇った。

「助ける」と請け合ったからには命に代えても助ける。それが博徒の任俠道である。

「野郎どもッ、やっちまえ！」

直吉が長脇差を引き抜いた。「おう！」と応えて田舎俠客たちが一斉に抜刀した。

追い首の浪人剣客は、いったん足を止め、身の丈六尺の高みから博徒の一団を見下ろした。相手は俠客一家のふたつを合わせて二十数名。しかし浪人はまったく臆する様子もない。

「手向かいいたすなら容赦はせぬぞ」

「しゃらくせぇっ」

亥三郎一家の跳ねっ返り者がいきなりに斬りつけていく。なかなかに腰の入った斬撃だ。ヤクザ者の喧嘩殺法などではない。

上野国には古くから多くの剣の流派が道場を開いて技を競ってきた。ヤクザ者でも剣の道場に通ってヤットウを習う。免状のひとつも持っていないと恥ずかしくて男伊達を張っていられない。弟分に対して兄貴ヅラもできない。

「どうりゃっ！」

田舎侠客は習い覚えた剣術のままに、追い首の浪人剣客に斬りかかった。

ギインッ、と、鋭い金属音が一同の耳朶を貫いた。

浪人が斜めに刀を振り上げている。切っ先が天を指して伸びていた。

田舎侠客が握った長脇差が半ばからポッキリ折れた。田舎侠客は短くなった刀を握り、呆然と突っ立っているように見えたのだが、突然、その額から真っ赤な血飛沫を噴きあげた。

「ギャアッ」

悲鳴ひとつを残してのけ反り倒れる。倒れると同時にふたつに割られた頭部から白い脳漿を地面に散らした。

一同、愕然として声も出ない。追い首の凄まじい手際と強靭な膂力だ。剣をかじった者であればこそ、なおさら理解できた。

追い首の浪人は、むさくるしいひげ面を顰めさせたまま、ズンッと踏み出してきた。人を一人、斬り殺した直後だが、感傷も憐憫も、罪の意識も一切感じさせていない。次の獲物を狙って禍々しい眼光を放っている。

亥三郎一家の田舎侠客たちは目に怯えを走らせた。

「馬鹿野郎ッ。取り囲め！　押し包んで斬れッ！」

直吉が一家の弟分を叱咤した。と、浪人剣客の視線がジロリと直吉を捉えた。

直吉はギョッとなった。

浪人剣客が突進してきた。まるで黒い憎悪の塊だ。直吉は蛇に睨まれた蛙も同然の有り様で、我が身に迫る殺気を棒立ちになって迎えた。

埃まみれの袴の足がズンッと踏み出してくる。上段に振り上げられた刀身が、ギラリと陽光を反射させた。

次の瞬間には眉間を深々と斬りたてられている。またしても拝み斬りの一撃だ。上段から真っ直ぐに刀を振り下ろした際、腕と手の形が仏を拝む形に似ることからそう呼ばれる。

一瞬にして仏と化した直吉がドウッと倒れた。さらに浪人剣客は、右に左に刀をそれぞれ一閃させて、直吉の両脇を固めていた弟分二人を瞬時に倒した。

「代貸ッ！　兄ィ！」

頭目格の三人を瞬くうちに殺されて、亥三郎一家は恐怖に陥った。もはや統制する者もいない。

こうなれば博徒は弱い。烏合の衆である。踏み止まって戦おうなどという気概は毛頭ない。そもそも気概のある若者なら、農地と親を捨てずに百姓を真面目にやっている。

親を捨てるくらいだから、仲間を見捨てることなどわけもない。

「あわわわ……」

一斉に長脇差を放り出し、尻をまくって逃げ出した。

「畜生！　手前ぇら、待ちやがれっ！」

と絶叫したのは黒江町ノ万蔵である。

頼りとしていた亥三郎一家に見捨てられ、荒野の真ん中に置き捨てにされてしまった。

しかも、自分の子分たちまで怖じ気づいている。逃げ出した亥三郎一家の煽りを食らって皆、浮足立っていた。

浪人剣客が目を怒らせながら踏み込んできた。親分の楯となって立ちはだかろうなどという勇気のある者は一人もいない。へっぴり腰で長脇差を突き出し、ガタガタと身を震わせているばかりだ。

ついに、万蔵の恐怖が辛抱の限界をこえた。

「うわーっ！」

クルリと踵（きびす）を返すと、脇目もふらずに遁走した。もはや、親分としての貫禄を取り繕うとか、体面がどうしたとか、そんなことは言っていられない。本能のままに走って逃げた。

さながら肉食獣から逃げ出す草食獣である。夢中になって土手を駆け降り、深田の泥をバシャバシャと撥（は）ね散らしながら走る。両手で葦の原をかき分け、泳ぐような格好でもがきながら逃げた。

三

万蔵は河原の石の上を走っていた。一足踏みしめるたびに丸い石が転がる。つられて万蔵自身も何度も転んだ。

いつの間にか、たったの一人になっている。子分たちはどうなってしまったのか。見当もつかない。

とにもかくにも万蔵は河原に沿って走り続けた。

「クソッ、渡し場は、どこでぃッ」

この川がなんという名の、どこを流れる川なのかも分からないが、少なくとも、自分を追ってきた浪人は川のこちらの岸にいる。川を渡ってしまわないことには安心できない。

葦の原をかき分け、河原の石に足を取られながら走っていると、川に小舟を浮かべて、のんびりと釣り糸を垂れている侍の姿が目に飛び込んできた。

舟の艫では船頭らしい若衆が煙管（きせる）を燻（くゆ）らせている。

どこかの武家が趣味の釣りを愉しんでいる、といった風情だ。編笠を被っているので顔は見えないが、姿から察するにまだ若い。

万蔵はむかっ腹を立てた。

「こっちが生き死にの狭間でもがいてるってぇのに、呑気（のんき）なさむれぇがいたもんだぜ」

万蔵はとにかくカッとなりやすい質（たち）である。この性格が災いしてヤクザ者にしかなれなかったのであるが、とにもかくにもあの侍に頼み込むか、あるいは脅すかして、向こう岸まで渡してもらおうと考えた。

万蔵は、若い侍に舐められないように、乱れた鬢と髷を整えた。着物の衿も伸ばした。

「もうし、おさむれぇ様、お願ぇ申しやす」

川の石を踏んで歩み寄っていく。声をかけたのは警戒されないように、という用心だ。なにしろ万蔵は人相が悪い。顔には古い刀傷まで刻んでいる。うっかりすると舟を出されて逃げられてしまう。

艫にいた若衆が万蔵に気づいて首を伸ばした。捩り鉢巻を斜めにして巻いている。

万蔵は一瞬、訝しく感じた。上州の田舎者にしては鯔背な姿だ。月代は青々と剃り上げているし、鬢や髷にもたっぷりと油を使っていた。江戸の深川あたりを流している猪牙舟の船頭のように小粋な姿であった。

しかし、今は命の危険のほうが切実な問題だった。微かによぎった疑念はすぐに頭から消えた。

「もうし、お頼み申しやす」

もう一度声をかける。声をかけながら歩み寄って行く。彼我の距離は二間ばかりに狭まった。

若衆が興味津々、といった顔を向けてきた。万蔵はますます立腹した。人が必死になっているというのに薄ら笑いを浮かべている。しかも、武士のほうはまったくの無視を決め込んで、無言で釣り糸を眺めているのだ。

――田舎侍めが、お高くとまりやがって。

万蔵は下げたくもない頭を下げた。

「手前は江戸から旅して参った者ですが、怪しい浪人者に追われて難儀いたしております。お情けを蒙り、向こう岸まで渡していただきたいんでございます」

江戸の町人は武家言葉の真似事ぐらいはできる。その程度の知恵がなければ武士の都ではやっていけない。田舎武士に舐められてたまるけぇ、と思っていたので尚更丁寧な武家言葉で挨拶をかましてやった。

それでも若い武士は悠然と竿を使って素知らぬ顔だ。一方、若衆のほうは目を見開いて驚いた表情をみせた。

「そいつぁ大変(てぇへん)だ。旦那、どうしましょう」

若い武士に声をかけたが、若い武士は無視して釣り糸を眺めている。

万蔵はますます苛立(いらだ)ってきた。追い首に対する恐怖心も募る。

「こうしちゃあいられねぇんですよ、お侍様。こうしている間にも、恐ろしい浪人野郎が追いついてくるかも知れねぇんで。そりゃあおっかねぇ殺し屋剣客なんですぜ。お侍様も悠長に構えちゃあいられやせんよ」

「旦那、どうします」

若衆も、恐怖が伝染したみたいな顔で訊ねた。

若い武士はようやく釣り竿を立てて、釣り糸を手元に手繰(たぐ)った。

「いたしかたあるまい。向こう岸に渡してやれ」

「ありがてぇ！」

万蔵はそそくさと船縁を跨(また)いで舟に乗り込んだ。

「御免なすって」

万蔵が挨拶すると、若い武士は笠を目深に被ったまま、ひとつ、頷いた。

「困った時には相身互いだ」

そう言うと竿を仕舞って身体を返し、舳先(へさき)を背にして座り直した。万蔵とは正面を向いて向き合う格好である。

舟は舳先の側が下座なので、万蔵を上座に据えたことになる。異常な行動なのだが、この時の万蔵は、そこまで頭が回らなかった。

若衆が櫓を握った。川岸を突いて舟を出す。舟はすぐに流れに乗って岸を離れた。

万蔵は船底に張りつくような格好で、今まで自分がいた川岸を見つめ続けた。どうやら、あの追い首をまくことができたらしい。黒い装束の不気味な姿はどこにも見当たらなかった。

ようやく万蔵は、ホッと安堵（あんど）の吐息を洩らした。

安堵すると同時に、これからのことが思いやられてきた。

頼りにしていた大胡ノ亥三郎だが、自分が頼ったせいでえらい迷惑をかけることになってしまった。代貸の直吉が殺されたのだ。亥三郎一家にとっては途轍（とてつ）もない痛手であろう。

しかも残りの子分衆は、客人である万蔵を捨てて逃げたのだから、万蔵が亥三郎一家に乗り込んでいけば二重に気まずい。

博徒と博徒を繋いでいるのは、一にも二にも〝気持ち〟である。互いに気まずい思いを抱えていては、何かと困ったことになる。

とは言うものの、万蔵自身の子分たちとははぐれたままだ。

などと考えていたのだが、ふと万蔵は異変を察して顔を上げた。

舟は流れに乗ったまま、どんどん川下へ向かっている。

「こいつは……」

急流に巻かれて仕方なく川下に流されている、などというものではない。明らかに若衆は、瀬に櫓を差して川下に舳先を向けているのだ。

「ちょ、ちょっと待っておくんなせぇ。あっしが渡りたいのは向こう岸なんで」

せっかく上州まで旅してきたのに、このままでは江戸に向かって押し戻されてしまう。

すると、舳先に座った侍がニヤリと笑った。顔の上半分は笠に隠れて見えないが、細い顎と薄い唇だけは見える。髭も薄い、つるりとした若い肌。頬から顎にかけての輪郭は色白で細面だ。

薄い唇が口角を吊り上げて、声もなく笑っている。

「な、なにが可笑(おか)しいんでぇッ！」

万蔵の半生は喧嘩出入りの明け暮れであった。自分に向けられた敵意には敏感だし、即座に反応する。腰の長脇差に手を伸ばし、抜刀するために立ち上がろうとした。

だが、それを見越していた若衆が、櫓を無理に操って舟を揺らした。

さすがの万蔵も揺れる舟の上で斬り合いをしたことはない。よろめいて片膝をついた。

この時になって初めて万蔵は、自分が侍と若衆との間に挟まれていることに気づいた。

舳先側に座った若侍は、ますます可笑しそうに笑った。

「この舟は向こう岸などにはつかぬ。このまま江戸に戻るのだ」

「な、なんだと……」

万蔵の顔色が真っ青になった。口だけがパクパクと開閉した。

「万蔵」

呼びかけられた万蔵は、相手が自分の名を知っていたことに驚いた。いよいよ抜刀しようとしたが、またしても舟を大きく揺さぶられて、片側の船縁にガクッと倒れ込んでしまった。

それでも啖呵(たんか)を切ったのは、さすがは黒江町ノ万蔵親分、といったところか。

「手前ぇら、ナニモンだぇ!?」

「俺か」

舟が急流に乗り上げた。舳先が上がって万蔵の身体も大きく跳ねる。

万蔵は船縁にしがみついた。船縁から川の水が大波となって押し寄せてきた。万蔵の着物は水を被ってビッショリと濡れた。

こんなに揺れる小舟なのに、若侍は泰然として座っている。口元には微笑を含んだままだ。

「万蔵、拙者らは追い首だ。お前が来るのを待っていたのだ」

「なんだと、このドサンピン！　こん畜生め！」

万蔵は腰の長脇差を抜こうと試み続ける。ようやくに鯉口を切って、尻餅をついた格好ながら、刀を半ばまで抜いた。

その瞬間、若侍が揺れる舟の上を滑るような動きで接近してきた。と見るや、腰を捻って刀を抜いた。

「ウッ……」

万蔵は身動きできない。抜き身の刃が首筋にピタリと押し当てられた。

ほんの一瞬の出来事である。万蔵のほうが先に抜いたはずなのに、後から抜いた若侍の刀は早くも万蔵の急所に達していた。万蔵の長脇差の半ばはまだ鞘のうちに納まっている。

万蔵は目と口を半開きにして身動きできず、額に汗を滴らせた。

舟はのどかに川を下っていく。何度も大きく揺れたが、若侍の上体はまったく動かない。刀は万蔵の首筋に当てられたままだ。

万蔵の身体は大きく揺れる。緊張と恐怖で全身がガチガチに固くなっているからなおさら動揺してしまう。若侍にその気がなくても万蔵のほうから刃に首筋を押しつけて、血管(ちくだ)などを切ってしまいそうだ。

「ま、待ってくれッ……」

ついに万蔵は堪(こら)えかねて哀願した。

「刀を引いてくれっ」

若侍は薄い唇をわずかに動かして答えた。

「お前が長脇差を捨ててからだ」

長脇差は、博徒にとっては武器であると同時に装飾品でもある。腰に長脇差を差していない博徒など、まったく格好がつかない。

万蔵も江戸で一家を束ねる大親分。富岡八幡の門前町を仕切った顔役だ。しかし、命には代えられない。慌てて長脇差を鞘ごと腰から抜いて、放り出した。

それでも若侍は満足しない。

「船底ではない。川に捨てろ」

「へ、へいッ」

万蔵は若い三下みたいな返事をすると、長脇差を拾い上げ、川面に投げ捨てた。ドボンと水音を立てて、長脇差は水中に没した。

「それでいい」

若侍がスッと刀を引いた。揺れ続ける不安定な舟の上でパチリと納刀した。抜くのも早いが納めるのも早い。目にも止まらぬ早業とはこのことである。

万蔵はヘナヘナと船底に腰を落とした。

次の瞬間、若侍が刀を一閃させた。切っ先が万蔵の鼻筋をかすめて振り下ろされた。

「ひっ」

万蔵は咽を鳴らした。腰帯がハラリと切れて着物の前が大きくはだける。晒しを巻いた腹部と、汚いふんどしが露となった。

若侍は今度はゆったりと納刀した。笠の下から覗けた唇が、楽しそうに笑っている。

「逃げようなどとは思うなよ」

逃げ出したりできないように、惨めな格好にさせた。ということであるようだ。

万蔵は「へいっ、へいっ」と答えて、何度も何度も首を縦に振った。

若侍は船梁に座り直した。

「万蔵」

「へいっ」

「小便なら、川に向かってしてくれ」

船底に尻餅をついた万蔵は、その格好で失禁していた。尿が船底に大きな染みを広げていたのであった。

四

広瀬川で万蔵を捕らえた新三郎たちは駒形の河岸で上陸した。中山道に出て追い首の浪人剣客、大黒主水と合流を果たすと、万蔵を取り囲みながら江戸に向かった。

途中、追い首の下で働く若衆たちが集まってきて、道中を行く万蔵の周囲を固めた。

万蔵の子分たちも、大胡ノ亥三郎一家の者たちも、万蔵を奪還しようと仕掛けてくることはなかった。追い首の実力に心底から驚怖したものと思われた。

一行は板橋宿に到着した。板橋宿には石神井川が流れている。川には板の橋が架けられていて、それゆえにこの地は板橋と呼ばれるそうだ。

この宿場の南に江戸の境界があった。宿場を越えればそこは御府内。町奉行所の管轄となる。

万蔵は橋の前で立ち止まった。ここ数日の旅でゲッソリと窶れてしまった。鬢も髷も整えてもらえず、月代も髭も伸び放題。眼窩は落ちくぼんで目には力がない。頬もこけて顔面は蒼白であった。

万蔵は呆然と立ち尽くし、板の橋を見つめている。

板橋宿は中山道最初の宿場で、宿場としてより、遊里や岡場所として知られている。飯盛女という名目の女郎たちが妍を競って客引きしている。遊び人が浮かれ顔で町を流していた。

そんな華やいだ喧騒も万蔵の耳には届かない。万蔵はまるで死人のように無感情であった。

「おい」

全身黒ずくめの浪人剣客、大黒主水が万蔵の肩を小突いた。大黒としては、軽く突いたつもりだったのであろうが、万蔵はヨタヨタと力なくよろめいた。

追い首たちに囲まれながら橋を渡る。渡り切った所で、もう一度立ち止まった。

宿場の南の街道上で、三つ紋付きの黒巻羽織の男が待っていた。一目で町奉行所の同心だとわかる。町奉行所から引き連れてきた小者が二人が、白木の六尺棒を片手に前に出てきた。

同心は万蔵を鋭く見据えた。

「黒江町ノ万蔵だな。御用である。神妙にいたせ」

万蔵は力なく目を伏せている。小者に縄をかけられても、まったく抵抗しようとしなかった。それどころか、町方役人に引き渡されて、ホッと安堵したような表情すら浮かべたのだ。

（いったい、これはどうしたことか）と同心は心の中で呟いた。

黒江町ノ万蔵と言えば、町奉行所にも手を出しかねるほどの大悪党であった。

岡っ引きなどではまったく手も足も出ない。それどころか、町奉行所の役人の中には、鼻薬を嗅がされて万蔵の子分のように働いていた者までいたという。

それほどまでに貫禄のあった大親分が、今では子供のように怯え、身を震わせている。いったい、この数日の間に何が起こったのか。

同心は顔を上げた。上州から万蔵を連行してきた者どもは、いつの間にか姿を消していた。

「追い首か……」

同心はブルッと身震いした。怖じ気づいた自分を取り繕うように、小者たちに声をかけた。

「行くぞ」

いずれにせよ、黒江町ノ万蔵は自分が捕らえた——ということになるのである。表向きには大手柄だ。

大手柄なのだから胸を張って堂々と大道を行けばいいのだが、しかし同心は、とてものこと、そのような気分にはなれなかった。

江戸時代の日本は、じつに細かな行政区分に分割されていた。そもそも『日本国』というまとまり自体が存在していない。日本全国——というくらいのもので、日本はいくつもの国家（徳川家を含む諸大名と、その領地）に分割されていた。

　さらに徳川家の領地内でも管轄争いが激しかった。江戸市中だけを取ってみても、市中の治安を担当する役所である町奉行所が立ち入りを許されるのは町人地だけ。旗本屋敷や大名屋敷、寺社地には足を踏み入れることが許されない。

　また、切り絵図などを見ると、江戸には広い農地も広がっていたことがわかるのだが、これらの農民を支配しているのは勘定奉行所だったり、関東郡代の伊奈(いな)家だったりする。当然、町方役人の出入りや干渉は制限されていた。

　縦割り行政の弊害もここに極まれりだ。

　町奉行所の役人たちは、市中で発生した犯罪は取り締まるし、犯人を追跡もする。

　しかしその犯人は容易に、町奉行所の手の届かぬ管轄外に逃げ込んでしまう。

　それでも、逃げ込んだのが江戸府内であれば、寺社奉行も勘定奉行も関東郡代も、大名も旗本も、犯罪を憎むことでは一緒だから、町奉行所に協力してくれる。

　しかし、江戸の外に逃げられてはどうにもならない。町奉行所の役人たちは、江戸の外に出ることがまったくできなかった。

　江戸の外に出られないことは徹底している。そもそも武士は遊山旅などしない。町人のように、ちょっと近場の霊場までお参りに、などということもない。

町奉行所の役人だから、余所の都市まで使者として遣わされることもない。隠居でもしない限り、江戸を離れることができないのだ。

この制度上の欠陥を悪用し、悪党どもは江戸を離れることで、町奉行所の追捕を振り切ろうとした。そしてこの悪巧みは成功することがじつに多かった。

町奉行所も悔しいが、犯罪被害者はもっと悔しい。お上の制度を悪用して、悪党が他国でのうのうと暮らしているなど、被害者の心情としては耐え難いことだ。なんとしても悪党を江戸に連れ戻してやりたい、と考える。

そこで。魚心あれば水心だ。

江戸で手配書を回されながら、江戸から逃れた悪党どもを捕まえて、江戸に送り届けましょう、という裏稼業を考え出した者がいた。世の中には腕の立つ剣客や、裏街道に鼻の利く者たちがいくらでもいる。彼らの力を糾合すれば、悪党どもを見つけ出し、追い詰めることができるのではないか、と考えたのだ。

これが追い首である。

もちろん、追い首には悪党を捕縛する権限はない。あくまでも、江戸まで連れてきて、江戸の町中に放つだけだ。

するとそこには町方役人が待ち構えていて、悪党を捕まえる。公式には、『御手配中の悪党が、たまたま江戸に戻ってきたところを江戸市中にて捕縛した』という運びになるわけだ。

無論、追い首は危険な稼業だ。ただで働くことはない。誰かに金を払ってもらわなければならない。悪党をどうあっても捕まえてほしい、お上の裁きを加えてほしいと願う何者かにだ。

板橋宿の街道沿いには、二階建ての旅籠（はたご）が軒を連ねていた。そのうちの一軒の二階座敷から、万蔵が捕縛される様を固唾（かたず）をのんで見守っていた老夫婦がいた。二人とも高級な生地と仕立ての着物を着ている。髷もきちんと結っていた。よほどに裕福な大店（おおだな）の主と、その内儀だと見て取れた。

万蔵の身体に縄がかけられる。老夫婦は窓辺の手摺りから身を乗り出し、その瞬間を見逃すまいとして目を凝らした。

「お、おおお……」

老人の咽（のど）から歓喜のうめき声がもれた。老女も目頭を袖で押さえている。

二人は万蔵が引き立てられていく様を、その姿が見えなくなるまでずっと目で追っていた。

窓から身を乗り出す二人を、座敷の奥の暗がりからじっと見つめている男がいる。

歳の頃は五十歳ほど。四角い顔の四角い体型で、背は高くないが肩幅が広く、胸板にも厚みがあってガッチリとした体つきをしていた。

いかにも一癖ありそうな顔つきだ。眉が太くて目は細い。剣呑な笑みを浮かべた顔だちは明らかに、裏の世界に身を置く者に特有だ。

仕立ての良い小袖に利休鼠の羽織を着けた姿は、裕福な商人然としているが、それでいて油断のならない物腰を全身から発してもいた。

「播州屋さん、これでご満足いただけましたかな」

窓から半身を乗り出していた老人――播州屋は、声をかけられて我に返った、という顔つきで座敷の真ん中に戻ってきた。老いた内儀も下座に控える。

「儀兵衛さん、手前どもの気も晴れましたよ。本当に有り難う」

播州屋は嬉しさが半分、残りの半分は悲しみを更めて蘇らせた、みたいな顔つきで挨拶を寄越した。内儀も下座でお辞儀をした。

「これはお約束の半金で……」

と、播州屋は、大きな巾着の口を開くと、二十五両の包み金を四つ、袱紗に包んで滑らせてきた。

「へい。確かに頂戴いたします」

追い首稼業元締め、儀兵衛は、節くれだった指を伸ばして百両を受け取った。

前金に百両、支度金に二十両頂戴していたので、今回の仕事の報酬は二百二十両ということになる。

ホクホクとしたいところだが、この稼業では愛嬌はかえって不都合だ。深刻な顔つきで袱紗を畳んで返した。

「これで泉下の光三郎さんも浮かばれましょう」

播州屋と内儀は「ウッ」と咽を詰まらせて涙をこらえた。


播州屋の総領息子の光三郎は、真面目一方の若旦那だったのだが、同業者の寄合で誘われて富岡八幡の料亭に遊んだ。

ここで光三郎は、辰巳芸者の鶴吉と出合ってしまう。

光三郎は、父母の年齢からもわかるように、若旦那とはいえ、もう三十路も半ばを過ぎた年格好だ。その歳になるまで浮いた噂もまったく聞こえない堅物だったのだが、えてしてこういう朴念仁が恋に狂うと深みに嵌まる。二日と置かずに深川に通い、鶴吉を座敷に呼んで遊んだ。

　これに目をつけたのが、富岡八幡の門前町を仕切っていた万蔵である。鶴吉を使えばいくらでも金を出すカモだと見て取ったのだ。一種の美人局(つつもたせ)である。

　粋な遊び人であれば、それと気づいてすぐに手を引く。しかし光三郎はますます深みにはまってしまい、ついには何を勘違いしたのか、鶴吉相手に心中を図ろうとしたのだ。

　むろん鶴吉は、金を持っている以外にはなんの魅力もない野暮な中年男と一緒に死ぬつもりなどない。

　万蔵も、大事な珠(たま)の鶴吉に手をかけられたのではたまらない。子分に命じて光三郎を殺し、大川に死体を流してしまった。

　これで光三郎の亡骸(なきがら)が海まで流れてしまえば万蔵の思い通りだったのだが、光三郎の死体は漁師の網にかかって引き上げられて、御船手(おふなて)番所に届けられた。持ち物からすぐに身元が判明し、さらに、死体に残された刀傷から他殺だと知れた。

　こうなれば鶴吉に手が回る。鶴吉の裏で絵を描いていたのが万蔵だと露顕した。

　かくして万蔵は江戸を逃れた。上州の兄弟分の許に身を寄せようとしたのだ。

江戸を離れてしまえば、もう、町奉行所では手を出せない。まして上州は博徒の天国だ。一種の解放区であるとさえ言える。関八州取締出役が捕縛に赴いたとしても、実際に手下として働くのは現地の〝道案内〟で、その実態は博徒である。八州廻の行く先はすぐに通報され、お尋ね者は身を隠してしまう。

そこで追い首の出番となった。

腹の虫の治まらない播州屋夫婦は、追い首を雇って万蔵を江戸まで追い戻してくれるよう頼んだのだ。

仕事は首尾よく運んで、万蔵は町奉行所に捕縛された。年貢の納め時である。いずれ獄門台は免れないだろう。

仕事が終わってしまえば、追い首たちと依頼人にはなんの接点もない。仕事が仕事なので膳を囲んで祝い酒、ということもない。播州屋夫婦は早々に引き上げていった。

儀兵衛はやおら立ち上がると、奥の座敷に通じる襖を開けた。

「谷村様、済みましてございますよ」

奥座敷の暗がりに、羽織袴姿の町奉行所与力が座っていた。四十代の陰気な顔をした男だ。今月は南の月番なので南町の与力に御出馬を願ったのである。与力は同心の上役だ。

谷村市三郎はやおら立ち上がると、明るい座敷に入ってきた。

儀兵衛は谷村を上座に据えると二十五両の包み金をひとつ、差し出した。

それから上目づかいに谷村を見上げて、ニヤッと笑った。

「黒江町ノ万蔵の捕縛、おめでとうございます。またしても谷村様の大手柄にございまするな」

谷村は憮然として返事もせず、包み金を鷲掴みにして袂に入れた。

「光三郎殺しの一件は、わしの体面に賭けても余罪をあますことなく吟味してくれる。万蔵めにはきっと極刑を下してくれよう」

「はは。心強いお言葉を賜りました。町人衆も谷村様の辣腕ぶりを褒めそやし、また、江戸市中に潜む悪党どもは皆、谷村様の勇名に怖じ気をふるうことにございましょう」

谷村は挨拶も返さずに刀を鷲掴みにすると、座敷を出ていった。儀兵衛は深々と拝礼して見送った。

五

追い首の元締、矢倉屋(やぐらや)儀兵衛の店は京橋の大根河岸にある。江戸有数の商人地のまん真ん中だ。

表稼業の酒問屋も繁盛している。儀兵衛は酒林(さかばやし)の下をぐって店に入った。

「只今戻りましたよ」

すっかりと商人の顔つきに戻り、穏やかな声を奉公人たちにかけた。同時に店内にいた得意客にも愛想よく挨拶する。手代や番頭の気の利かないことを詫び、「こちらは先代からの上得意様なんだから、色をつけて差し上げなくてはいけないよ」などと嘴(くちばし)をはさみながら帳場に揚がった。

すかさず手代の寛吉(かんきち)が身を寄せてきて耳打ちした。

「白光新三郎様と大黒主水様が御座敷でお待ちにございます」

「ああ、わかった」

一瞬だけ、儀兵衛の顔が裏稼業の顔役のものになる。が、すぐに福々しい笑顔に戻った。

「それじゃ番頭さん、ここは任せましたよ」

と、帳場格子に座る番頭に声をかけて、店の奥へと入っていった。

矢倉屋は京橋でも有数の豪商だが、なにしろ江戸の町人地は狭いうえに、やたらと町家が建て込んでいる。矢倉屋の奥座敷も塀と土蔵に囲まれて風通しが悪く薄暗い。

小さな坪庭に木が植えられている。青葉に宿った水滴を白光新三郎が静かに見つめていた。

仄かに笑みを浮かべた顔つきは、よく言えば雅びやか、悪く言えば緊張感が足りない。いかにも育ちの良さそうな優男、という印象で、彼が片山伯耆流居合術の達人であるとは、実際に刀を向けられた万蔵のような者にしか、理解できないに違いない。

白光新三郎の隣には大黒主水がむっつりと座り込んでいる。六尺の背丈は座っていても十分に大きい。顔も大きいし袖から出した握り拳も大きい。正座した袴も太腿も大きい。さらには太くて量の多い毛髪を総髪にしている。顔の両脇も長い長い揉みあげだ。

どこに目を向けても嵩（かさ）の大きな男なのである。そのうえ、暑苦しい漆黒の着物など着ているから余計に目立つ。体積が増大して見える。

大黒主水という名前にぴったりな印象なのだが、これは本名ではない。

本名を隠し、諸国を流れ歩いていた浪人で、矢倉屋の者たちから仮に『大黒の旦那』と呼ばれているだけなのである。

かたや、白光新三郎のほうは紛れもない本名である。しかも白光家は徳川家直参（じきさん）旗本、三百石の家柄。三百石あれば五番方の番頭（ばんがしら）や目付が勤まる。

番頭といえば徳川軍の中隊長から大隊長格。目付は旗本・御家人の風紀を見張る監察官で出世の登竜門。町奉行や勘定奉行など、幕府の重役に就くのにも必ず目付役を勤めあげなければならない。目付になることのできる家柄は、旗本の名門に限られていた。

しかし、新三郎は名前の通りの三男坊で、部屋住の冷や飯食らい。長兄の世話になって一生無為（むい）に過ごさねばならぬ哀れな身の上だ。

逆に言えば、至って身軽な立場でもある。旗本の家に生まれた新三郎が、追い首などという裏稼業に手を染めているのにはそういう理由もあった。

「お待たせしましたかな」

儀兵衛が揉み手をしながら腰を低くして入ってきた。こんな表情と物腰だけは商家の主人ふうなのだが。

「さて」

と、物腰を更めた。新三郎はともかく、大黒主水は異様に無口で愛想がない。時候の挨拶や世間話などには乗ってこない。否応(いやおう)なしに本題を切りださざるをえなくなる。

「これが今回、お二方にお支払いする仕事料でございます」

と、それぞれに五両ずつ、差し出してきた。

前金で五両もらっているから二人の仕事料は十両ということになる。

播州屋から矢倉屋に渡った金は二百二十両。うち、矢倉屋に協力する町奉行所の谷村市三郎の取り分が二十五両。矢倉屋の手元に残ったのは百九十五両。そのうちからそれぞれへ十両ずつである。

万蔵を捕らえるために実際に骨を折った二人への手間賃としてはあまりに安いが、しかし、仕事の裏では数多くの小者たちも走り回っている。さらには街道筋の役人たちへの目溢(めこぼ)し料も必要なのだ。

矢倉屋儀兵衛としてもこの稼業、けっして楽なものではない。

いずれにせよ、十両という金は、部屋住の冷や飯食いと、流れ者の浪人にとっては大金であった。大工が一カ月働いた手間賃が一両の時代だ。一両あれば長屋暮らしの家庭が一カ月過ごせる。そう考えれば十両という金額は、ちょっと危ない橋を渡るだけの価値は十分にあった。

二人はそれぞれに金を受け取って、袂に入れた。

「次も頼む」

大黒は無愛想な彼にとっては精一杯の言葉を残して立ち上がった。ノッシノッシと去っていく。鴨居に頭をぶつけないように首を竦めたところなぞは、両国の見せ物小屋で見た熊にそっくりだ、などと新三郎は思った。

新三郎は、神田駿河台にある白光家の屋敷に戻った。

神田駿河台には名門旗本の屋敷が建ち並んでいる。もともと山の手とはこの一帯を指す言葉で、この時代から山の手は高級住宅街の別称でもあった。

白光家の門は冠木門である。部屋住の新三郎は脇門をくぐった。

「お帰りなさいやし」

家に仕える老僕が新三郎を迎えて頭を下げた。

もっと若くて活きの良い中間（ちゅうげん）を雇いたいところなのだが、なにぶん今の白光家は納戸（なんど）役の木っ端（こっぱ）役人である。

家禄は三百石だが家計はけっして楽ではない——と言うのが、兄嫁であり、一家の家政を預かる奥方でもある登代（とよ）の言い分だ。

しかし、三百石と言えば年収は百両から百五十両に相当する（米の相場によって上下する）。中間に払う賃金は年に三両と一分だ。雇う気になって雇えない額ではないはずだ。

新三郎は裏の水口（勝手口）から屋敷にあがった。表の玄関から屋敷に入れるのは、白光家の当主であり実兄の忠太郎（ちゅうたろう）と、身分の高い客だけである。

薄暗い廊下を、さらに薄暗いほうへ向かって進む。日当たりの悪い北側の部屋が新三郎の塒（ねぐら）だ。

陰気な廊下だが、この薄暗い廊下に足を踏み入れると、自分の家に戻ってきた、という心地になる。新三郎は部屋の襖に手をかけた。

しかし、なぜか襖が開かない。何かが支（つか）えているようだ。

「フンッ」と息張りながら押し開けると、山積みとなった布団がこちらに溢れ出てきた。何事にも動じぬ、泰然自若とした（あるいは呑気者の）新三郎も、これにはいささか驚かされた。

どうやら自分の部屋は、自分がいない間、布団部屋として使われていたらしい。

「おやおや、新三郎様、おけえりなさいやし」

下女のハツが大きな尻を振りながらやって来て、テキパキと布団を片づけた。あまりにも手際がよい働きぶりなので、新三郎は、どうしてこんなにたくさんの布団が必要だったのかを訊きたかったのだが、訊きそびれてしまった。

ようやく人心地ついて、机の前にぼんやりと座り、裏庭など眺めていると、ハツが再びやって来た。

ハツにしては珍しく気を回し、頼みもしないのに茶など持ってきてくれたのか、と思ったらさにあらずで、「旦那様がお呼びだ」と、田舎訛り丸出しの口調で告げた。

「兄上が」

いずれにせよ、屋敷に帰ったからには家の当主である忠太郎には挨拶をせねばならない。武士の世界では兄弟は主従も同然である。新三郎は大人しく、兄の座敷に向かった。

座敷の襖は閉じている。新三郎は襖を前にして、廊下にきちんと正座した。居住まいを正し終えると下女のハツが襖の敷居の前に両膝をついた。

「新三郎様の、おけえりでごぜえます」

しばらくの間をおいてから「うむ」と陰気な声音で返事があった。ハツは襖を開けた。新三郎は廊下で平伏した。

兄の忠太郎は、書院窓に向かって書見台を立てて、なにやら書物を捲っていた。新三郎の位置から見れば、顔と身体の真横をこちらに向けた格好だ。痩せて青黒い面を伏せて、熱心に書物と向かいあっている。新三郎には目もくれないし声もかけない。新三郎は拝跪したまま声がかけられるのを待った。

別段、書物に熱中しているわけでもない。いつもこのようにして、最初は無視を決め込むのが忠太郎のやり方なのだ。弟を放置することで、兄の貫禄を見せつけようという、実にケツの穴の小さいやり口なのであった。

「おう、戻っておったのか」

書面を三丁（ページのこと）ほど捲ってから、ようやく首だけこちらに向けて声をかけてきた。新三郎は素直に「はっ」と答えた。

「入れ」

「ははっ」

新三郎は膝行して座敷に入り、もう一度低頭した。

忠太郎は書見台を脇に寄せて、こちらに向き直った。忠太郎は新三郎より七歳の年嵩だ。今年で三十一になる。三十一にしては老けて見られる容貌だ。痩せていて、血色が悪く、肌の表面はカサカサに乾いている。皮膚が弛んでいるので小じわが多い。額にも、目尻にも、下瞼にも、くっきりと皺が寄っていた。

もともとは太り気味の男だったのだが、胃腸でも悪くしてしまい、ここ一、二年でげっそりと痩せた。痩せた分だけ皮膚が縮んで皺が増えた。頭髪も薄くなって髷が貧相になった。鬢には早くも白髪の線が何本も引かれている。

顔つきが老けることで貫禄が増すならわかるが、ひたすら貧相になっていく男というのも珍しい。

新三郎は兄の身体がこちらを向くのを待って挨拶の口上を述べた。

「只今戻りましてございまする」

「うむ」

忠太郎は二重まぶたのギョロ目を剝いて弟を凝視した。何事か言いたいことがある様子だが無言である。

新三郎も呑気というか、人の気持ちを忖度して気を回すほうではない。「なんでございましょう？」という顔つきで見つめ返した。

根気比べをしていたわけではないが根負けした忠太郎は、「ウオッホン」と咳払いなどした。

「勤めはちゃんと果たしたのか」

「は……」

追い首の賞金稼ぎを『勤め』と呼んで良いものかどうかは疑問が残るが、

「無事に相済みましてございまする」

と答えた。

「首尾良く運んだのか」

「はぁ、お陰様をもちまして……」

「左様か」

と、その瞬間、忠太郎の顔に隠しきれない喜びが走った。

「ところでな、新三郎」

「ハッ」

「このわしには今、納戸組頭へ昇格の話が持ち上がっておるのじゃ」

「おお、それは……」

平の納戸役から中間管理職への出世である。新三郎は素直に驚いて喜んだ。

「おめでとうございまする」

「うむ。……しかしまだ、本決まりとなったわけではない。否、この兄が出世争いにおいて一頭地を抜きんでておるのは間違いないことなのだが、しかし……」

なにやら煮え切らない物言いだ。

要するに、出世の競争相手がたくさんいて、思ったようには事が運ぶかどうかはわからない、と言いたいのであろう。ほんとうに一頭抜きんでているのかどうかも怪しいものだ。

「そこでじゃ」

忠太郎は背筋を伸ばして続けた。

「御納戸頭の大島様や、他の御納戸組頭様方を招いてのぅ、宴など、催そうかと思っておるのじゃが」

接待攻勢である。どこぞの料亭の座敷を借り切って、白光家の自腹で上司たちに飲み食いをさせるというわけだ。

「ついては、いささか手元が不如意でな」

そこへ、静々と足袋裏を滑らせながら、忠太郎の妻の登代が入ってきた。立ったまま、チラリと視線を投げつけてきた。

「おや新三郎殿。お戻りでしたか」

新三郎は身体をちょっと兄嫁のほうに向けて一礼した。

「只今戻りましてございまする」

登代は座敷に座ると、ツンと取り澄ました顔を鴨居のほうに向けた。誰とも目を合わせるつもりもないようで天井のほうを睨みつけている。

登代は旗本五百石の家から嫁いできた。白光家は三百石だから格上である。

白光家もかつては五百石ほどの家禄があったのだが、祖父の代の不手際で禄を削られた。それでも家と家との付き合いは昔のまま続いていて、元々は同じ家格同士だったのだが今では遥かに格上の家から、妻女を娶った。

なにぶん武士の家格というものは、東照神君様にお仕えしていた時代はどうだっただの、果ては鎌倉のみぎりはどうだっただの、と古い名誉がいちいち持ち出されるので始末に困る。

登代とすれば、「どうして五百石の家に生まれたあたしが、三百石の貧乏旗本の家に嫁がなければならないの」という話だ。しかも不手際があって禄が削られた不名誉の家である。気位が高いだけに辛抱できない。

しかも登代は忠太郎に比べてずっと若く、また、美しかった。取り澄ました冷酷な美しさだが、登代は自分の美貌に自信を持っているらしく、冷たい顔つきの端々にまで自尊心を覗かせていた。

とにもかくにも高慢な女である。夫ですら格下に見下しているのだ。その弟など歯牙にもかけない。新三郎など人間の範疇にも入っていない。虫けら同然の扱いである。

その登代が、三方を新三郎の膝の前に押し出してきた。

新三郎は、自分の膝の前に置かれた三方と、兄の顔とを交互に見た。

登代は、本来なら忠太郎が言わねばならないことを代わりに言った。忠太郎がてんでだらしなく、言葉を濁していたので辛抱しきれなくなったのだろう。

「矢倉屋から頂戴なされたお働きを、これへ」

新三郎が命を張って稼いだ金を差し出せ、と言っているわけである。

新三郎は焦ってしまい、兄に視線を向けた。忠太郎は憮然としている。

「金が必要なのだ」

「それがしが旅に出る前に預けていった五両は」

矢倉屋にもらった前金である。

忠太郎は悪びれもせずに答えた。

「料亭に、前金として渡した」

弟の金を勝手に使ったわけである。さらに、さも当然、という顔をして続けた。

「ひいては、宴席を張った後の払いが必要なのじゃ」

さぁ出せ、と言わんばかりの顔を向けてくる。

「しかし、それがしにもこの金は、使うあてがございまして……」

途端に忠太郎が赫怒(かくど)した。

「白光家の家名を上げることより他に、もっと大事なことがあると申すかッ！」

登代も「呆れ果てた」と言わんばかりの侮蔑的な顔を向けてくる。

「新三郎殿は、兄上の体面を潰すおつもりなのですねぇ」

一家の当主に怒鳴りつけられ、その妻女に窘(たしな)められれば、こちらにどんな言い分があっても平身低頭しなければならない。それが江戸時代の社会だ。

続けざまに忠太郎のお叱りが飛んできた。

「この白光家、今でこそ薄禄に甘んじておるものの、元はといえば三河よりの譜代！　東照神君家康公の馬廻りも勤めた名誉の家柄じゃぞ！　祖父の代の不手際で禄を削られてしまいはしたが、だからと言ってこのまま貶められておるわけにはいかぬ！　我らの代で先祖の名誉を取り戻したいとは思わぬのかッ！」

「はあ」

当主の出世は、その家の家格を上げることと同義である。そして弟は家の付属物なので、兄の出世に協力することは、この時代の通念では至極当然のことであった。

さらに言えば、白光家の家禄を元に戻すのは登代の悲願でもある。登代の姉妹や従姉妹たちは皆、それぞれ家格の釣り合った家（つまりは五百石ほどの家）に嫁いでいる。「三百石の家に嫁いだ出来の悪い娘」という汚名を晴らすためにも、どうでも白光家を出世させ、姉妹や従姉妹たちに目に物見せてやらねばならないのだ。

忠太郎のお小言は続く。

「この薄禄にあってなお、そのほうを剣の道場に通わせてやった亡き父上と、この兄の恩義に報いようという気持ちはないのかッ！」

「はは」

それを言われると呑気者の新三郎でも困る。

登代も皮肉げな目つきを向けてきた。

「そもそも賞金稼ぎなどという汚らわしい仕事、いかに零落した白光家とはいえ、旗本の家の子息には相応しくない行いです」

零落した白光家、という部分に力をこめて登代は言った。五百石から三百石に減封されたことを零落と表現するのは大げさ、あるいは無礼である。

婚家の白光家などまったく敬慕していない、ただただ実家だけを誇りとしている。と、そういう女なのだ。

「我が夫が、新三郎殿の賞金稼ぎをお許しになっているのも、新三郎殿が稼いだ金が、白光家の為になると思えばこそ」

「登代の申す通りじゃ」

妻に自分の家を馬鹿にされていることには気づいていないのか、忠太郎は大きく頷いた。

呑気者の新三郎は、お叱りの最中だが臆面もなく小首をひねった。

「しかし……。兄上も御納戸役。御納戸役は商人の出入りも盛んなお役目。兄上の御才覚をもってすれば、十両や二十両の金、手当がつかぬこともないのではございませぬか」

出入りの御用商人に賄賂を要求すれば良いのである。江戸時代の役人たちは、誰しもが袖の下を受け取っていた。慣例であった。

すると、忠太郎が顔面を真っ赤に紅潮させて激怒した。

「そっ、そのほうはッ！　この兄に、貪官汚吏になれと申すかッ！」

貪官汚吏とは、また、大仰な言葉が飛び出してきた。

どういう育ちをしてしまったのかは知らぬが、忠太郎はこと、賄賂にかけては異常なまでに潔癖である。

江戸時代の役人は、上手に賄賂を貪ることも仕事のうち。有能な官吏には欠かせぬ資質であるはずなのだが。

新三郎はチラリと兄嫁に目を向けた。忠太郎の尻馬に乗って「そうですよ、兄上の仰る通りです。これだから新三郎殿は品性下劣」などと言うかと思いきや、険しい面相を忠太郎に向けていた。

忠太郎の融通の利かなさに呆れていることでは、兄嫁と義弟の思いは一致しているらしい。とくに登代はお金が大好きだから当然だ。

とにかく、忠太郎が出世の工作資金を袖の下で稼ぐつもりがないのであれば、それは、どこかで誰かが稼いでこなければならない。

その後もなにやかやとお叱りが続いたが、言っていることはいつもと同じ内容なので、新三郎は適当に聞き流した。

言うべきことはすべて言ったのか、兄がムスッと黙り込んだので、頭を上げた。

さぁどうする、という顔つきで、忠太郎がこちらを睨んでいる。

「わかりました。どうぞ、白光家のためにお使いください」

新三郎は辟易（へきえき）として懐から財布を出し、小判と小銭と合わせて三方の上に載せた。

すかさず登代が三方をサッと引く。気が変わって取り返されたら大変だ、とでも言いたげな態度だ。そのまま忠太郎の膝元まで持っていった。

忠太郎は、涎（よだれ）が出るほど欲しがっていた弟の金なのに、我が膝元に置かれれば、今度は一転、「武士は金などには頓着（とんちゃく）しないものなのだ」と言わんばかりの顔つきで、目も向けようとはしなかった。

別段、忠太郎だけが特別に人格が歪んでいるわけではない。武士が守るべきは体面である。天下太平の世の中、町奉行所の役人や、勘定奉行所の代官など、一部の役人を除けば武士に仕事は何もない。体面を守ることだけが仕事と言っても良い。

「わしが出世をした暁には、そのほうも身の立つようにしてくれよう。愉しみに待っておれ」

などと恩きせがましく嘯(うそぶ)いている。

確かに、実兄が町奉行だの普請奉行だのにまで出世できれば、冷や飯食いの弟でもその余禄に与(あずか)れる。なにかの役につくぐらいのことはできるであろう。しかし、納戸役では出世したといってもせいぜいが納戸頭だ。賄賂が多い以外にはなんの旨味(うまみ)もない役職で、というか、上手く立ち回れば莫大な賄賂を手中にできる素晴らしいお役目なのだが、その賄賂を受け取らないのであるから話にならない。

巻き上げられるだけの物を巻き上げてしまえば、あとはもう用済みである。新三郎は忠太郎の前から下がった。

第二章　不可解な仇討ち

一

数日後の朝。

新三郎はションボリと肩を落として通りを歩いていた。

有り金は全部、兄夫婦に巻き上げられてしまった。これでは好きな蕎麦も食えないし、一膳飯屋で一杯引っかけることもできない。

それどころか湯屋にも行けない。

財布の巾着(きんちゃく)を丸ごと渡してしまったのだが、そのうちの小判だけを抜いて、小銭ぐらい返してくれても良さそうなものなのに、返ってきたのは空になった財布だけで、そこには鐚銭(びたせん)の一文たりとも残されてはいなかったのである。

金がなくなったからには、稼がなければならない。

「これは、思いも寄らぬ窮地だ」

などと新三郎は天を仰いで呟いた。

とはいうものの――、新三郎に切羽詰まった様子はなかった。

家に帰れば少なくとも寝る場所と布団と食い物だけはある。部屋住の冷や飯食いは、その悲哀ばかりが強調されるが、兄に従っている限り、飢える心配も、氷雨に打たれて震えながら夜を過ごす心配もない。

このあたりが本物の貧乏人と違うところだ。新三郎の泰然自若、悠揚迫らぬ呑気さは、そこに原因がある。

「とにもかくにも、銭を稼がなければならぬな」

武士としてあるまじき独り言など呟いている。しかもその内容が金策だ。ますますもって武士らしくない。

まず頭に浮かんだのは神田旅籠町にある片山伯耆流の和泉道場のことであった。剣の師である和泉兵庫が道場を開いている。ここで師範代の真似事などすれば、小遣い銭ぐらいにはありつけそうだ。

しかし、と、新三郎は考え直した。

新三郎は和泉兵庫の薫陶を受け、折り紙免状の許しを受けるまでに至ったのだが、その剣の腕を賞金稼ぎなどに活かしている。この一事を師匠は快く思っていないらしい。そういう話を相弟子たちから耳打ちされた。

「うーむ……。いささか敷居が高いな……」

ただでさえ金がなくて落ち込んでいるのに、剣の師にまで叱られたのではたまらない。

「仕方がない。矢倉屋に行くか……」

矢倉屋にとって新三郎は腕利きの追い首。常に手元に置いておきたい手駒であるはずだ。ふらっと顔を出せば、茶も出るし菓子も出る。一朱や二朱の小遣いぐらいは恵んでもらえるかも知れない。

つい数日前に五両、合わせて十両をもらったばかりで小遣い銭をねだりに行くのも惨めな話だが、背に腹は代えられない。

このあたり、新三郎は旗本の三男坊で、羞恥心(しゅうち)の有り様が町人とは少し異なる。むろん、恥知らずなわけではないが、武士が恥だと感じる場面と、町人が恥だと感じる場面はちょっとばかり違うのだ。

武士は金には恬淡(てんたん)としている。金を金とも思っていない。大名家が何万両もの借財を踏み倒して平然としていられるのは、金を借りたり、返せなかったりということが恥ずかしいことだと思っていないからだ。

新三郎は矢倉屋に到着したが、矢倉屋の表向きの商売である酒問屋に用はない。店の横手に木戸がある。仕入れた酒樽を土蔵に運んだり表通りに出したりするための通路だが、新三郎は木戸を押し開け、通り庭を抜けて店の奥へ向かった。奥とは、主人一家の生活空間のことだ。

土蔵の前に庭がある。町家造りの縁側が見えた。縁側の向こうには障子が巡らせてある。そこが儀兵衛の暮らす〝奥向き〟である。

その時、新三郎の足元に手鞠（てまり）が転がってきた。新三郎は腰を屈めて拾い上げた。

「あっ、新様だ」

愛らしい少女の声がした。紅い振袖の少女が走り寄ってくる。新三郎は鞠を手渡した。

少女は、眩（まぶ）しいものを見るような目つきで新三郎を見上げてニコニコと微笑んだ。

そして袖を振りながらクルリと振り返り、座敷に向かって叫んだ。

「母様、新様がお見えになりました」

障子が開いて、暗い座敷内から臈長けた美女が顔を覗かせた。歳の頃は三十ほど。色白で優美な顔だちの年増である。楚々とした風貌なのだが、ふとした表情や物腰にムンムンと濃厚な色香を感じさせる。

儀兵衛の内儀のお春である。

彼女の出自はよく分からないが、立ち居振る舞いや口調が武家育ちを思わせる。庭で鞠を拾ってもらった幼女の名はお久美。お春の娘であるのだが、口調はやはり武家娘のもの。酒問屋の一人娘なのに、武家娘として躾けられているようだ。

「あら、新三郎様」

お春が艶然と微笑んで会釈を寄越してきた。男なら誰でもクラッとよろめかされてしまいそうな美女なのだが、新三郎はなにゆえか、女に対する執着心が薄い。と言って念者（ホモセクシャル）ではないのだが、新三郎の恬淡とした人柄は女にはすぐに通じるらしく、上は老婆から下は幼女に至るまで、慕われ、心を許されることが多かった。

新三郎はカラッとした笑顔を浮かべた。

「儀兵衛元締めはご在宅でしょうか」

お春は口元を袖で押さえて笑った。

「ご在宅できるほどに立派な屋敷ではございませんが、ええ。おりますとも」

新三郎は照れくさそうに頭を掻いた。

「いやあ、実はそれがし、いささか手元が不如意になってしまいまして。それで元締めに相談に乗っていただこうかと」

「まぁ」

白光家の内情は、お春も薄々と察しているようだ。

「兄上様にとっては今が一番の正念場。いろいろと要りようでございましょう」

家禄や、稼ぎのすべてを賄賂として費やさなければ己の出世もままならない。それが昨今の武士だ。お春はそれを知っている。やはり、元は武家の出なのであろう。

「白光様の御家のご隆盛を祈念させていただきますわ」

「これは」新三郎は居住まいを正した。

「かたじけない」

お春は座敷へ新三郎を誘った。

「儀兵衛は今、客人と対しております。儀兵衛の用が済むまで、わたくしがお相手をいたしましょう。どうぞ、お上がりください」

「いや、それはあまりにも厚かましい」

新三郎は礼儀を気にするほうではないのだが、しかし、人妻の部屋に乗り込むほど不作法者でもない。

お春は妖艶(ようえん)に微笑んだ。

「新三郎様をお帰しするようなことになれば、わたくしが儀兵衛に叱られます。さぁ、どうぞ」

「はぁ」

お久美までもが母親の口真似をした。

「さぁ、どうぞどうぞ」

お春の勧めもさることながら、お久美に手を握られて、引っ張られては抗(あらが)えない。

座敷の障子や襖を開け放ちにして、お久美も同席させておけば、まさか、不義密通を疑われることもないだろう、と考えて、新三郎は座敷に上がった。

さすがは京橋の大店(おおだな)、矢倉屋の奥座敷である。畳の一角には囲炉裏が切られて、立派な茶釜がのせられていた。座敷にいながら茶の持てなしができるようになっている。

「まずは一服差し上げましょう」

雅びやかな手つきでお春が茶を点てはじめた。

お春の持てなしぶりには真心が籠もっている――ように感じられる。新三郎の自惚れではない。

確かに新三郎は腕利きの追い首である。大黒主水と並んで飛車角の働きをしている。けっして手放してはならぬ人材で、そういう意味ではお春の懇ろな持てなしは当然ともいえる。

しかし、それ以上の親しみが籠められているように思えてならぬのだ。

浮世絵から抜け出てきたような美女に絶え間なく微笑みかけられると、新三郎のような朴念仁でも、気分がなにやら浮ついてくる。

そのお春が朱唇を綻ばせた。

「わたくしには、ちょうど、新三郎様ぐらいの弟がおりました。新三郎様を見ていると、弟のことが思い出されるのです」

「ははぁ」

なるほど、と新三郎は得心した。

他の男なら「なんだよ、弟かよ」とガックリくるところであろうが、新三郎はかえってホッと安堵（あんど）しているような案配であった。

新三郎が茶を飲み終えると、横で焦（じ）れていたお久美に袖を引っ張られた。

「新三郎様、久美と遊んでください」

母親譲りの愛らしい幼女だ。

「いいですよ。何をします」

「双六」

お久美は奥の戸棚を開けて絵双六を持ってきた。覚束（おぼつか）ない手つきで畳に広げる。

「いいですね。それがしも双六は得意です」

新三郎は子供相手の遊びでも本気になる質（たち）である。子供にとっては、良い遊び相手である。

「母上様も」

結局、母娘と三人で双六遊びをすることになった。

夢中になって遊んでどれくらいの時が経ったのであろう、縁側の障子に人影が立った。

「おや」

と、儀兵衛が不思議そうな顔をしてこちらを見ている。

「白光様、いつの間にお越しで」

「ああ、これは元締め」

新三郎は賽子を片手に持ったまま首だけ上げた。

お春も笑顔を夫に向ける。

「あら、お客様はお帰りですか」

「もうとっくに。白光様がおいでになっていたのなら知らせてくれないと。誰も知らせに来ないのだから」

お春はお久美に、双六を仕舞うように言った。お久美は当然、だだを捏ねた。

新三郎は、「お父上との話が終わったら、続きをやるから」と約束して、お久美に納得してもらった。

新三郎は儀兵衛の座敷に入った。

今度は矢倉屋の店の者が茶を淹れて運んできた。儀兵衛は自分の茶碗を取って、両手で抱えた。

「お久美は、白光様のことを好いておるようでしてな」

「はぁ、それがし、子供には好かれるようです」

新三郎が呑気な返事を返してきたので、儀兵衛は、ちょっと意地悪そうに微笑んだ。

「白光様と二世(にせ)を契るのだと申しておりますよ」

新三郎は茶を噴き出しそうになった。

「そ、それは……」

儀兵衛はカラカラと笑った。

「あの年頃の娘にはよくあることです。白光様はお子をお持ちでないから、わからぬでしょうが。まぁ、本気になさることはない」

「はぁ」

新三郎は冗談でも真面目に受け止める性格である。お久美の婿となる者は、この矢倉屋の名跡を継ぐ者だ。酒問屋の商いに通じた者でなければ困るであろう。自分のような無軌道で呑気な男が商いなど始めたら、どんな大店でも半年で潰れる。潰してみせる自信がある。

「時に、白光様」

儀兵衛が声と居住まいを改めたので、新三郎も生真面目に顔と心を引き締めた。

「本日は、どういったご用向きで、この儀兵衛をお訪ねくださいましたのでございましょうな」

儀兵衛が新三郎の目を覗きこんでくる。

「はぁ、それが、なんとも面目無い話で」

新三郎は茶碗を茶托において、背筋を伸ばした。

「先日、上州から戻ったばかりでなんでござるが、なんぞ、仕事の口が――あ、いや、あるはずもござらぬな。無理を言って申し訳ない」

早くも腰を上げて立ち去ろうとした。仕事料をもらったばかりだというのに金策に訪れるとは、さすがに、あまりにも、常識外れだと気づいたのだ。

すると、儀兵衛が慌てて引き止めにかかった。

「あいや、お待ちくださいませ。その仕事の口なのでございますが」

新三郎は振り返った。

「ござるのか？」

「はぁ。それが、ございますので」

まあ、腰をお据えになってお聞きください、と言われて、新三郎は座り直した。

更めて茶を飲んでから、儀兵衛の話に耳を傾けた。

儀兵衛は煙管の莨に火をつけて、やおら一服した。焦らしているわけではない。何から話して良いものやら思い悩んでいる顔つきだ。元締めとしては、追い首には聞かせられない事情もあるのである。

「これがいささか、難しい話でございましてな」

と、いかにも難しそうな顔つきで切りだした。

「難しいと言えば」

いきなり話題を変える。

「白光様のお屋敷の御内証も、難しいことになっておられるのでございますか」

新三郎は頭を掻いた。

「はあ。我が兄の、出世が叶うかどうかの分水嶺でござって」

「それで金子がお入り用なのですな」

「そういうことです」

「ならばこの一件、白光様にお引き受けいただける、という前提で、お話ししてもよろしいですかな」

話を聞いたからには断ることは許さない、とでも言いたげな口調だ。

新三郎としても、儀兵衛に頼むところは大だし、元締めとしての人柄を信用している。それに儀兵衛には確かな眼力もある。新三郎の力量ではとても適わぬ仕事だと思えば、話を持ち込んでこないはずだ。

今の自分にできる仕事であるのなら、新三郎のほうから頭を下げてでもお願いしたいところだ。

「承りましょう」

新三郎は答えた。

「それでは」

儀兵衛が語り出した話の内容は、確かに異様なものであった。

二

江戸より江戸川を北上すると、およそ十五里で古河に至る。譜代大名、土井家が治める領国である。

土井大炊頭家は、老中を何人も輩出した譜代の名門。古河の地は老中が直轄とせねばならぬほどに重要な、関東の流通の要であった。

土井家の領地の表高は八万石である。

一石とはこの時代の人間が一年間に消費する米の量に相当する。古河藩の農地では八万人ぶんの食糧を生産していることになり、それがこの藩の、およその人口だと考えられる。

実際には、この表高は、太閤検地の際に算定された石高で、江戸中期には、これよりも多くの米が取れていた。

日本国中で諸大名が開墾に精を出したので、人口に比べて米がとれ過ぎてしまい、米余りなどという現象が起こった。すると今度は一転、大名家も領民たちも、米ではなく、現金収入の見込める特産物や産業に力を入れはじめた。北関東であれば絹や木綿の生産である。

だが、そこへ天明の大飢饉が襲いかかってきて、一気に米不足となり、「懐に小判を何枚も抱えた人が道端で餓死していた」などという惨状を招いてしまった。

火山灰による直接の被害を受けた北関東一帯の荒廃は甚大だ。火山灰は酸性なので灰の降った土地では作物は育たない。

火山灰が積もった畑に雨が降り、それが乾くと石のように硬くなる。百姓衆のたゆまぬ努力で灰は取り除かれたが、それでも白く変色した田畑に植物は根付かなかった。土壌が酸性化したのだ。

火山活動が終息しても、その被害は何年も続いている。

この当時の古河は、そのような自然災害の真っ只中にあった。

雨が降っている。

一人の男が泥水を撥ねながら走ってきた。庄屋屋敷のトボロ（台所の土間に通じる出入り口）に駆け込む。土間や、土間に面した板敷きには大勢の人々が集まっていた。小作農と本百姓たちが、それぞれの身分に応じて地べたや床に座っている。

土間の隅には俵に詰められた灰が積んであった。この灰は囲炉裏や竈などから取ったもので、畑に撒くと火山灰の酸性を中和してくれる。もちろん化学の知識などないわけだが、江戸の百姓たちは経験で、畑に実りを取り戻すためには何をすれば良いのかを知っていた。

しかし、この雨では灰も撒けない。仕方なく集まって、ただ無意味に時間をつぶしている。

本百姓の間を、一人の娘が給仕して回っている。年齢は十七歳。名はお楽といって、この屋敷に仕える下女だ。古びた紬（つむぎ）の着物を着ている。

それだけなら別段珍しくもない下女の風体なのだが、お楽は容貌と容姿が普通ではなかった。まず、手足が驚くほどに長い。短く仕立てた着物の裾からスラリとしたふくらはぎが伸びている。背丈も高く、並の男衆と並ぶと、頭半分が飛び出してしまう。

毛髪の色が薄い。鳶（とび）の羽のような色をしている。その髪を禿（かむろ）に切り詰めている。俗に言うおかっぱ頭だ。十七にもなった娘が、仏門に入ったわけでもないのに禿にしているのは珍しい。

輪郭の整った美しい顔だちをしているのだが、片方の瞳の色が、やはり鳶色をしていた。もう片方は濃い茶色である。

肌の色は真っ白だ。庄屋屋敷で法事の時だけ灯される蠟燭（ろうそく）の色に似ている。透き通るように白いのである。

この集落では稀（まれ）に、このような容貌の者が生まれてくることがあった。余所の村から来た者がお楽を見れば驚くが、この村の者たちにとっては、さほど驚くべきことではなかった。

お楽は黙々と給仕する。愛想が悪く、滅多なことでは笑顔を見せない。しかも無口である。やはり村人は慣れているので、無言で突き出される茶碗を無言で受け取った。

茶碗の中身は麦焦がしである。天明の飢饉以来、本物の茶などにはとんとありつけなくなった。

そんなところへ、問題の男がトボロから飛び込んできたのである。

飛び込んできた男は、目玉をひん剝いて叫んだ。

「あの御方様がついに江戸を立たれる。我らの許にやってこられるのじゃ！」

集まっていた百姓たちは一斉に男に目を向けた。皆一様に痩せこけた顔つきで、目玉ばかりが大きく見える。闇の中で白目だけが光っていた。

「あの御方……？　つまりはオラたちを救いに来てくださる、ということだべか」

誰が喋ったのかはわからない。農家の土間はただでさえ薄暗いのに、今日は雨天で屋外も暗い。村の者たち同士ですら、互いの顔の見分けがつきにくい状況だった。

本百姓の一人が呟いた。

「しかし……、あの男は、江戸の役人の子ではねぇか」

「んだ。徳川に仕える役人の子が、どうしてオラたちを救ってくださるというのか」

「しかも、裏切り者の娘の子だべさ……。おそろしや」

土間より一段高い板ノ間を占めた本百姓たちが身を寄せ合いながら、口々に囁き合う。潮騒のような小声が屋敷に満ちた。

一方、土間の冷たい地べたに座った小作農たちは、別の思いを抱いている様子である。

「だども、あの御方様は、お生まれになった時、お印を持っておられたというだぞ」

「んだ。オラもそう聞いただ」

「オラたちを救いに来てくだされるだ。きっと、そうに違ぇねぇ」

本百姓の一人が目を怒らせた。

「馬鹿を言うでねぇぞ。もし、あの男が本当にお救い神様だとしたら、それはつまり、もうすぐこの村が全部なくなる、ということでねぇか」

「んだ。滅多なことを言うもんでねぇ。村がなくなるなどと」

「みんなオッ死んでしまうど、縁起でもねぇ話だ」

本百姓たちが口々に叫んだ。

土間の小作農たちも負けてはいない。首を伸ばして板ノ間のほうに尖らせた唇を向けた。鳥の巣の中の雛たちに似た姿で、ギャアギャアと喚きはじめた。

「山焼けの灰が降った時から、この村は死んだようなもんじゃあねぇか」

「んだ。渡良瀬川の底にも、利根川の底にも灰が溜まって、河岸の船頭衆も難儀しとるぞ」

「このまま作物が育たなんだら、オラたちはみんな飢え死にだべ。こんな苦しみが続くぐらいなら、いっそのこと、全部終わりにしてぇくらいだ」

生活に多少の余力を残した本百姓と、限界を超えた小作農とでは、生活に対する思いと、自分たちの命に対する未練の有り様が異なるようであった。

「川に灰が溜まっておると言えば……」

本百姓の一人が、何かに思い当たった様子でポツリと呟いた。

「もうすぐ夏じゃぞ。いつものように雨が降るであろう。水嵩が増した時に、果たして、今の堤防で高さが足りるのであろうかの」

大水が堤を乗り越えて洪水になれば、もう、本百姓も小作農もない。みんな一緒くたに流されて溺れ死ぬ。家も田畑も失ってしまう。

小作農の老人が顔を覆って泣きはじめた。

「この村はもう、お終いじゃあ……。お救いくだされ、お救いくだされ」

憂鬱な沈黙が座に満ちた。

「もし、本当にあの御方がお救い神様なのだとしたら、総出で迎えの祭をせねばなるまいの」

「んだ。村々に回状を回さねばならぬぞ」

「しかし、そんなことがお役人様に知れたら……」

「一揆と思われるべなぁ」

すると、小作農の若者がいきなり立ち上がった。

「一揆、面白かんべぇ！　どうせ明日をも知れぬ身だべよ」

血気に乏しいはずの老人たちも、しょぼくれた顔で同意した。

「どうせこの世はお終いだ。お役人様になんと思われても怖くはねぇ」

土間での騒ぎを聞きつけたのか、奥の座敷から庄屋の禄左衛門が出てきた。広い庄屋屋敷とはいえ、人の喋り声は良く通る。百姓たちが何を喋っていたのかは聞き取っていた様子で、土間を見下ろす三畳敷きの畳に座ると、いきなり話に加わってきた。

「一揆だなどと、軽々しく物申すでない」

本百姓も小作農も、慌てて平伏、あるいは土下座をした。

気炎をあげていた小作農の若者が、おそるおそる顔を上げた。

「だども庄屋様。この有り様はただごとじゃねぇだよ。川底には泥と灰が溜まる、畑の作物は育たねえ。……オラたちは皆、明日をも知れぬ身だべ」

「んだんだ」と一同が同意した。それに勇気づけられたのか、若者は勢い込んで続けた。

「オラたちの苦しみを見るに見かねて、あの御方様がやって来られるのに違ぇねぇだよ」

別の小作農が頷いた。

「二十年前、あの御方様がお印を持って生まれた時から、オラたちはこうなる運命だったのかもわからねぇ」

陰々滅々とした雨天のせいであろうか。皆、陰気で悲惨な思案に引っ張られていく。

庄屋は両手を広げて、農民たちの雑言を制した。

「まだそうと決まったわけではあるまい！　もし違っていたらなんとする。ここで一揆など起こしたら、それこそ、ただの犬死にだぞ」

「だども……」

小作農たちの陰鬱で粘着質な抗弁を庄屋は遮った。

「お前たちは毎日毎日懸命に働き、山焼けの灰を取り除いてきたではないか。一昨年より去年、去年より今年のほうが確実に、物成りは良くなっておる。頑張ればあと数年で元通りの田畑となるというのに、つまらぬ噂話になど惑わされて、すべてを棒に振るつもりか！」

理路整然とした物言いで叱られれば、確かに、軽率だったような気がしてこないでもない。

それでも、若者たちにとって破滅は一種の願望である。甘美な麻薬だ。諦めきれない顔つきで、小作農の若者が言った。

「庄屋様は、〝教え〟を信じておられねぇのだべか」

庄屋は、カッと激怒して若者を睨みつけた。

若者は震えあがって土下座して、地べたに額を擦りつけた。

そんな様子を下女のお楽が、つまらなそうな顔つきで眺めている。

三

千住大橋(せんじゅおおはし)を渡れば、もはやそこは江戸ではない。

千住宿は日光街道、最初の宿場である。宿場町は橋を挟んで南北に広がっている。千住一丁目から五丁目に加えて、千住掃部宿(かもんじゅく)、中村町、小塚原町の十町で構成されていた。

新三郎は茶店の縁台に腰を下ろして、依頼人が到着するのを待っていた。

涼やかな色合いの小袖に袴。赤漆塗りの塗笠を被っている。足袋と草鞋(わらじ)は履いているが、旅装というほどの拵(こしら)えでもない。せいぜい刀に鞘袋を被せているぐらいだ。

武士が旅をする際には、裾に天鵞絨(ビロード)を縫い付けた野袴などを穿(は)くものだが、新三郎には袴を新調するだけの金はない。

仕方なく、いつもの穿き古しの袴を穿いて出てきたのだが、下女が丁寧に洗濯をしてくれたので、まずまず清潔な姿に見えた。

新三郎という男自体がこざっぱりとした顔つきで、色白の優男(やさおとこ)であるから、よほどに酷い格好をしない限り、うらぶれた身形には見えない。そういう意味では得な男である。

一方、新三郎の分までうらぶれて見える男が同じ街道に立っていた。拝み斬りの達人、大黒主水だ。

この男もまた、いつでも金に窮している。稼いだ金をいったい何に使っているのか、私生活を明かさぬのでさっぱりわからないのだが、仕事と聞けば、何をさて置いてもやって来る。剣の腕のほうは人一倍に頼りになるので、新三郎としては、大黒主水と組んで仕事をすることに異存はない。

もう一人、縞の小袖を尻端折りにしてパッチを穿き、脚絆と草鞋で足元を固めた旅姿の若い男がいた。江戸のほうを遠望している。

「遅えですな」

新三郎が黒江町ノ万蔵を捕縛した際に舟を操っていた男である。名は利吉といって、矢倉屋に仕える若衆だ。

と言っても、酒問屋の奉公人ではない。あくまでも追い首稼業の者だ。

新三郎と大黒は、最後の最後に剣を振るって、仕事にカタをつけるのだが、その前後では儀兵衛の配下の者たちが見え隠れしながらお膳立てをしている。あるいは、依頼に関わる調べ事を担当している。これを矢倉屋では走り衆と称している。

地味で根気のいる仕事だ。彼らの活動なくして追い首稼業は成り立たない。

逆に新三郎と大黒などは、いざという時までは、昼寝をしていても勤まる。

この三人は、これまでも何度となく一緒に仕事をしてきたが、親しいというほどの間柄ではない。互いに相手の仕事に信頼を置いてはいるが、友達というのとはかなり違う。

そんな理由で、三人で道に立っているのだが、さっぱり会話が弾まない。しかも主水は異様なまでに無口だ。依頼人が来てくれないことには間がもたないという、なんとも間の抜けた事態になっている。

千住大橋南詰の小塚原町には、有名な小塚原の処刑場があった。街道に面して目立つようにして獄門台や磔柱(はりつけばしら)が並べられている。公開処刑であると同時に、「江戸で罪を犯したらこうなるぞ」という見せしめ、お上からの警告でもあった。

新三郎も処刑場の前を通った。感慨がないわけではない。

新三郎たちが町奉行所に引き渡した科人(とがにん)たちは、白洲で裁きを受ければ極刑になること間違いなしの大罪人ばかりだ。もちろん自業自得ではあるのだが、あまり寝覚めの良い話ではない。

あの獄門台には何人か、新三郎たちが捕らえられた男の首が据えられたはずである。

そう考えると寒々しい心地になってくる。

しかし、そんな新三郎の思いとは裏腹に、千住宿は賑々しく繁栄している。

処刑場があるなどと言うと人々は、枯野の広がる荒野に、烏などが飛び交う寂しい光景を想像するのだが、実際の小塚原は人々の行き来と喧騒の絶えない繁華街だ。

まず第一に岡場所が繁栄している。千住宿には飯盛女が大勢雇われていて、遊蕩児を誘い込もうと黄色い声を張りあげている。

千住宿は遊里でもあり、旅人以外にも江戸市中から、多くの遊び人たちが押しかけて来る。

それだけでも賑やかなのに、街道筋であるから当然、馬子が馬や牛を引いてくるし、飛脚も勢い良く走っていく。江戸市中には馬の乗り入れは原則禁止だが、この宿からは馬に乗る。馬が何十頭も道に面して繋がれている。

荷車の数も多い。その隙間を縫って肥え担ぎの百姓が、糞尿の飛沫を散らしながら走っていく。

「旦那、聞きましたかえ」
利吉が声をかけてきた。一癖も二癖もありそうな顔つきで、唇の端を小癪に
ひん曲げて笑っていた。
「なんの話だ」
「千住の女郎が贔屓筋の客に出したっていう付け文の話でさぁ。ちょっとばかし
話題になっていやしたでしょう」
「ああ……」
新三郎は思い出した。
千住の女郎から客に送られた付け文に、『小塚原に磔が出たので大勢の見物人
が来ています。あなたもご見物にいらしてはいかがでしょう。ぜひ、千住まで遊
びに来てください』という一文があって、「これはたいした風流だ」と江戸の粋
人たちは呆れるやら感心するやら、たいそうな評判となった。
死と隣り合わせにして生々しい生の世界がある。それが千住宿なのだ。
日もだいぶ高く昇った頃、ようやく待ち人がやってきた。利吉が笑顔で声をあ
げた。

「ああ、来た来た」

この三人の中では、利吉だけが依頼人の顔を知っている。

新三郎と主水も視線を向ける。ユラユラと陽炎が立ち上る中、旅姿の武士が頼りない足どりで歩いて来た。

まだ若い。二十歳そこそこであろう。一文字笠を被り、腰の二刀には柄袋を被せ、ぶっ割き羽織を着てうちかいを斜めに背負い、下半身は伊賀袴。足袋と草鞋を履いていた。

一分の隙もない旅装束なのだが、どこかちぐはぐに見えるのは、本人がまったく旅慣れていないうえに、旅に対する心構えが感じられない顔つきをしているからだ。

この時代の旅は命懸けである。道中でうっかり足など痛めたら身動きができなくなる。そのまま野垂れ死にすることも珍しくない。

まして、この男にとって今回の旅は、おのれの名誉を賭けた戦いとなるはずだ。

それなのに、なんとも気合の抜けきった顔をしているのである。

新三郎も呑気な男ではあるのだが、この依頼人はまたちょっと違う。なんとなく、超然として見える。

武士の背後にはお供の小者が従っている。中年の町人で、肩に挟箱を担いでいる。

それからもう一人、難渋そうな顔つきの老武士がいた。見送りの親族であろうか。

大切な金主の登場である。利吉は如才なく駆け寄って、ペコリと上半身を折って挨拶した。新三郎と主水も笠を取った。

すると問題の若侍がすっとんきょうな声音で挨拶を寄越してきた。

「やあやあ、これはこれは。世話になります」

利吉は腰を折ったまま、手のひらを新三郎たちに向けている。

「どうぞ、ご紹介いたします」

などと言いながら、若侍を引っ張ってくる。

若侍は笠を取って邪気のない笑みを向けてきた。丸い芋のような顔に、垂れた眉毛と目、低い鼻の下に小さな唇がついている。武士らしい威厳を感じさせる顔ではない。太陽のように朗らかに笑っているところなぞは、在郷の百姓衆のようだ。

「こちらが今回、ご助力くださる白光新三郎様と、大黒主水様でございやす。お二方とも剣の達人でいらっしゃいやすから、どうぞ、大船に乗ったつもりでいてやっておくんなさい」

新三郎と主水はチラリと一礼した。若侍も頭を下げ返した。

利吉は今度は、新三郎と主水に向かって、若侍の人となりを紹介した。

「こちらが、御勘定奉行所の支配勘定、原口茂十郎様の跡継ぎ様で、お名前は善八郎様とおっしゃいやす」

原口善八郎は快活に白い歯を見せた。

「原口善八郎です」

それからお供の下男に、肩ごしに目を向けた。

「この者の名は久助」

中年の小者が頭を下げた。

新三郎は、なんと挨拶を返したものか迷った。大筋の話は、矢倉屋で儀兵衛から聞かされている。

勘定奉行所は関八州に広がる公領（徳川家の領地）を管轄して、年貢を取り立てたり、農村部の治安を維持するために働いている役職だ。

その勘定奉行所の役人の、原口茂十郎が暗殺された。

この若侍の父である。

原口家としては、家の名誉に関わる大事件である。それなのに、当事者の善八郎には緊張感がまるでない。

善八郎は、見送りの老武士にチラリと視線を向けた。

「伯父上、拙者が考えまするに、このように大げさな道中は無用と心得まするが」

すると老武士が頭に怒気を昇らせて答えた。

「お前の一人旅では心許ないと思うたから、雇うたのじゃ！」

それから、大黒と新三郎に目を向けた。

「原口善八郎の後見、西沢武大夫と申す」

若くて家督を継いだばかりの善八郎を指導監督する立場の親戚なのだろう。

「この者、いささか武芸に心許ないところがござってな。殺された茂十郎の敵討ちがなるかならぬか、お手前方の助力次第だ。我らとしては、身内の恥をも省みず、御助力を願ったのだ。そこを汲みおいてよろしく頼みいる」

と、下げたくもなさそうに、頭を下げた。

金を出して追い首二人を雇ったのはこの老武士であるらしい。腕の立つ用心棒に護られていなければ、この甥っ子は生きて江戸には帰れぬ、と踏んだのであろう。

それにしても、この原口善八郎という若者、親族からまったく人柄を信用されていないらしい。もっともそれは、この顔つきを見れば分からないでもない。

微妙な空気を察した利吉が気を回した。

「ここでこうしていても埒が明きません。さっそく旅立つといたしやしょう」

そもそも旅というのは、朝の七ツ（夜明け前）に発つのが常道だ。なにしろ街灯などはないし、提灯の明かりで夜道を歩くのは心許ない。太陽だけが頼りなのだから、陽が出ている間の時間は寸刻たりとも無駄にできない。

それなのに、いつの間にか昼四ツ（午前十時ごろ）になろうとしている。千住回向院の鐘がゴーンと鳴った。

原口善八郎は屋敷から歩き詰めで来たのであろう、「ちょっと休んでいきたい」という顔をしたが、小者の久助に背中をつつかれて口を噤んだ。

たかだか江戸から千住までの歩きだ。いい若い者が音をあげて許される距離ではない。まして勘定奉行所の役人は、関東に広がる天領を巡検して回るのが役目である。

一行は、西沢武大夫の見送りを受けて千住大橋を渡った。いよいよ江戸の外に出た。

街道を挟んでやっちゃ場（野菜市場）が広がっている。やっちゃ場は石畳が敷かれて売り物の野菜が汚れないようにしてある。

野菜は近郷の農地から船に乗せられて川を下って運ばれてきて、この地で競りにかけられる。ここから先は大八車や天秤商いの振り売りなどが陸路を運ぶ。

本来なら、足の踏み場もないような混雑ぶりになるはずなのだが、市場は意外にも閑散としていた。

「物成りは一向に良くならねぇですなぁ」

走り衆の利吉がチラリとやっちゃ場に目を向けて呟いた。

石畳に敷かれた筵の上に並べられているのは、萎びた貧相な野菜ばかりだ。

しかも数が少ない。今年も不作のようだ。

「浅間山の山焼けのせいだよ」

突然、原口善八郎が口を挟んできた。泰然とした顔だちの口元が、憂悶をふくんでいる。

「山焼けですかい」

利吉が意味を計りかねて問い直した。

「そうです。山焼けの灰が降ったので、畑が駄目になったのです」

「灰で、ですかい」

遠く離れた江戸でも一寸（三センチ）もの灰が降った。新三郎もその日のことはよく覚えている。昼間なのに空は真っ暗で、行灯（あんどん）を出して火を入れた。なんでも諧謔（かいぎゃく）にしてしまう江戸っ子たちは、「昼行灯もたまには役に立つ」などと笑っていたが、その笑顔は恐怖と不安で引きつっていた。

火山灰同士が空中で擦れ合うと静電気が発生し、帯電圧が限界を超えると放電されて雷となる。江戸でも真っ暗な空に稲妻が走った。まさに地獄を見るような光景だったのだ。

利吉のような生粋の江戸っ子にとっては、野菜はただ食べるだけの物である。生産に携わったことなどないから、火山灰が田畑に与える悪影響の恐ろしさを知らない。

原口善八郎は意外と多弁な質（たち）らしい。笠をちょいと片手で翳（かざ）して空を見上げながら続けた。

「陽は出ているのに、いっこうに暖かくならない。これも山焼けのせいだと拙者は考えておる」

「へぇ」

利吉にはさっぱり理解できない理屈だ。新三郎でも無理である。原口善八郎という男、蘭学でも修めたのかも知れぬ、などと思った。

一行は日光街道を北上し続けた。天気がよいのは何よりだが、やはり気温が上がらない。ちょっと薄気味が悪い。

「船を使えば早いのではないかな」

原口善八郎が提案した。

江戸に産物を運んでくるのは川船である。江戸から関八州へは放射状に河川が延びている。確かに、川船を雇えば座ったままで、関八州のどこへでも運んでもらうことができた。

しかし利吉は首を横に振った。

「お父上様の敵を匿（かくま）った田丸屋（たまるや）は、古河で幅を利かせる河岸問屋（かしといや）の顔役でさぁ。古河は関八州の水運の要でやす。利根川や渡良瀬川の船頭には、田丸屋の息がかかっているものと思わにゃあなりやせん」

川船など雇えばこちらの動きが敵方に筒抜けになってしまう。

「それは困りました」

と、原口善八郎は、自分の足をさすりながら苦笑いした。

新三郎は、原口善八郎の横顔をチラリと眺めた。

これが本当に、親の敵を追う者の姿なのであろうか。

しかも殺された父親は勘定奉行所の役人だ。

勘定奉行所の役人が惨殺されたのであれば、これは幕府の体面にかかわる大事件である。関八州取締出役や火付盗賊改方が総力を挙げて科人を追うはずであって、こんな青二才の、息子一人に敵討ちを任せておくはずがない。

何もかもがチグハグだ。

新三郎は先日の、儀兵衛から聞かされた話を、もう一度よく思い返してみた。

「ご依頼人は、御勘定奉行所のお役人様、その御子息と御親類様でございましてな」

儀兵衛は両手で湯呑茶碗を持ち、それに視線を落としながら喋りはじめた。

「殺されたお役人様の、敵討ちを手伝ってもらいたいというお話なのです」

歴とした武士から仇討ちの助勢を頼まれるとは。追い首稼業の評判も、ずいぶんと高くなっているらしい。

「公領の検見役をなさっておられた支配勘定の原口茂十郎様が、お亡くなりになったのです。殺したのは浅草河岸界隈の博徒を束ねる千次郎という男でして。人呼んで洲崎ノ千次郎。ちょっとは名の売れたヤクザ者です」

「ほう」

「千次郎は川を遡って逃げ出して、今は古河の御城下に潜伏している、とのことです」

「古河、というと、土井大炊頭様の御城下ですね」

「はい。八万石の御城下ですな。古河は利根川と渡良瀬川の合流地でしてね。水運業者にとっては、大街道の追分みたいな土地でございます。当然、川船商いの大親玉が幅を利かせている、という寸法でございましてね」

江戸の流通を支えているのは利根川や渡良瀬川、荒川や江戸川の水運だ。水運業者たちは、「公方様と諸大名、旗本、御家人、町人全員の暮らしを支えているのは俺たちだ」ぐらいには思っている。思い上がりであるが、しかし、危険な仕事に従事しているわけだから、それぐらいの自負心がなかったらやっていけない。

「土井大炊頭様のご領内とあっては、ますます話がややこしい」

土井家としても、水運業者から上納される冥加金（法人税）は大切である。老中が老中として幅を利かせるためには金がかかる。

水運を牛耳る河岸問屋を敵に回すのは得策ではない。そんな理由で、この一件には関わらぬ腹を固めてしまったようなのだ。

「そこで追い首の出番、というわけですか」

新三郎は半ば呆れ顔である。

勘定奉行所の役人を殺した科人が、老中の領国にいるのに手が出せない。公儀の役人を派遣すると波風が立つので、裏稼業の追い首を雇って送りつける。

こんな政権があるのだろうか。

「まあ、そういう話です。土井様もけっして本意で、悪党を匿っていらっしゃるわけではない。『そういう者が領内に潜んでおるなら差し出せ、役人に知らせろ』と御触書は出している。しかし応じる者がない、ということで」

「はあ」

「ですから、我々が見つけ出して、隠れ家から追い出してやれば良いわけです。

凶状持ちの千次郎を表街道に引きずり出しさえすれば、もう、誰も匿いはいたしませんから」

それだけなら、いかにも話は簡単そうである。

「ところが、ひとつだけ厄介なことがございましてね」

「なんでしょう」

「殺された茂十郎様の跡継ぎ様に……」

「なんです」

「どういう話でそうなったのか、手前にはわかりません。その跡継ぎ様に、殺された父上様の敵討ちをさせろ、ということになったようなのでして」

「子が父の敵を討つのは当然ではないですか」

「お旗本の白光様は、そうお考えになるでしょうが、この一件は御勘定奉行所のお役に関わる凶事ですよ。ただの殺しじゃあない。これは御勘定奉行所の公事方が総出でかかってしかるべき筋の話です」

「それは……、うむ。確かにその通り。いささか変な話ですね」

勘定奉行所は動かない。老中土井家は知らん顔を決め込む。悪党の捕縛に向かうのは遺児一人。

「今の営中は、なにを考えていらっしゃるのかさっぱり分からない」

儀兵衛はプカーッと莨をふかした。

「ま、そのお陰であたしらのような稼業がやっていけるのですがね」

儀兵衛は羅宇に残った煙をプッと吹いて、煙管をしまった。


そういう成り行きで、殺された原口茂十郎の一子、原口善八郎を引き連れて――なのか、お供をして、なのか、新三郎たち一行は、古河へ向かって日光街道を北上している。

「それにしても、坂東というのは広いですねぇ」

善八郎が周囲を見渡しながら言った。

確かに関東平野は見渡す限りの広漠たる平地である。日光街道は大水が出ても水没しないように、堤防に似た小高い土盛りの上を延びている。周囲は湿地か水田であるから、ほんの三尺ほどの土盛りであるのに、見晴らしだけは素晴らしく良い。

この霞の遥か彼方に日光の山並みがあるはずで、その山並みの麓までほとんどの土地が徳川家と譜代大名の領地なのだ。

狭苦しく、安普請の建物がゴミゴミと建ち並んだ江戸に育った者にとっては、まこと、驚嘆すべき光景であった。

左右を湿原に挟まれた中を、真っ直ぐに、本当に真っ直ぐに、街道が延びている。

「昔、日光街道は、いいえ、当時はそういう名ではなかったのですが、奥州へ続く道は、この近辺の沼地を大きく東へ迂回(うかい)していたのだそうですよ」

原口善八郎がまたしても、博識ぶりを発揮した。

「大川図書(おおかわずしょ)という男が、『真っ直ぐな街道のほうが良いでしょう』と東照神君様に提案して、この道を造ったのです」

利吉は困惑顔を新三郎に向けてきた。どうしてこんな無駄口を叩き始めたのかがわからない。新三郎もどう対処したら良いものかわからない。何と言うか、原口善八郎という男は、社会の常識からいちいち外れている。

利吉は呆れ返っているし、そもそも地理や歴史などに興味はない。道があれば通るというだけの話で、誰が造ったのか、など、考えたこともなかった。

大黒主水は極端な無口で無駄話につきあったりはしない。仕方なく、新三郎が相槌をうった。

「左様ですか」

原口善八郎は得々として語り続ける。

「軍道ですね。甲斐(かい)の武田も棒道(ぼうみち)という真っ直ぐな軍道を造りましたが、それに倣(なら)ったものでしょうね」

「はぁ」

「土を盛っては草を重ね、さらに土を盛って草を重ねという具合に、層を作っていくと、沼地に造った地面も沈まないのだそうです。だから、ほら」

原口善八郎は行く手を指差した。真っ直ぐな街道の先に宿場町が見えた。

「あの宿場は草加(そうか)といいます。草を加えて地盤を造ったから、草加という名前なんです」

これには利吉が驚いた。

「へえっ、てぇこたぁ、草加の宿は人の手でこしらえた地面の上に建っていやがるんですかい」

「そういうことだね」

「そいつぁびっくりだ」

利吉は足踏みをして、その足元を恐々と見つめた。今にも地面が抜けてしまい、水が噴き出してくるのではないかと怯えている。

もっとも、草加に限った話ではない。江戸の市中もかなりの部分が埋め立て地で、鉄砲洲の長屋で住み暮らしている利吉は、かつては海だった場所で寝起きしている。

「大川図書の子孫は、今でも草加宿で宿場役人をやっているはずだよ」

「そいつぁてぇしたもんだ。手前ェで地面を作ってそこの顔役におさまるなんざ、滅多にできるこっちゃねぇ」

利吉にとっては魔法のような話であったろう。

それはそれとして、新三郎はまたも小首をかしげた。

やはり、善八郎という若侍、父親を殺されたばかりにしては、あまりにも朗らかに過ぎる。普通、父親を悪党に殺されれば、悲しくて、悔しくて、身も世もなく身悶(みもだ)えし、切歯扼腕(せっしやくわん)し、殺気だつものではないのか。

——いったい、何故だ。

様々な思いと疑念の渦巻く中、一行は北へ向かって進んでいく。

四

古河城は渡良瀬川の中洲にある。

水流を城内に引き込み、東西に五百メートル、南北に千四百メートルもの水堀を造り、そのただ中に城郭を築いた。

見るからに堅牢ではある。難攻不落の水城であるが、水堀で水流が轟々（ごうごう）と渦を巻いているのであるから、それはそれでちょっとばかり困ったことになる。天下太平の世で敵の軍勢は攻めてこないけれども、自然災害は容赦（ようしゃ）なく襲いかかってくる。毎年のように水害が発生し、修築費用だけで土井家の財政をさんざんに圧迫した。

渡良瀬川の堤に沿って、無数の川船が繋留（けいりゅう）されている。二百俵積みの大型船で高瀬船と呼ばれていた。

堤の向こうの陸地側には、多くの蔵が建ち並んでいる。

田の字の意匠、⊕の家紋が高く掲げられ、同じ紋を入れた印半纏（しるしばんてん）を着た人足たちが俵物を担いで蔵と川船とを往復していた。古河に拠点を置く水運業者、田丸屋の蔵と人足たちである。古河でも草分けの豪商の河岸問屋だ。古河藩の御用はもちろんのこと、将軍家の御用も承っている。公領からあがる米や産物を江戸の浅草御蔵や竹橋御蔵まで運んでいる。

高瀬船の白い帆がスルスルと揚げられた。帆柱の高さはじつに四十六尺（約十四メートル）もある。岸を離れた高瀬船は『お上御用』の幟（のぼり）を高くはためかせながら、下流へ向かって進んでいく。

船が出たことで空いた船着場には、すぐに別の船が入ってくる。桟橋では大福帳を片手にした番頭が、人足たちに大声で指示を送っていた。

「なんだとバッカ野郎ッ！」

田丸屋の奥座敷で、洲崎ノ千次郎が子分の一人を怒鳴りつけた。怒鳴るだけでは飽き足らず、いきなり拳骨を食らわせて殴り倒すと、さらには足をかけて蹴り転がした。

子分は濡れ縁から庭に転がり落ちて、慌てて土下座し直した。

田丸屋の主、幸左衛門（こうざえもん）は、床ノ間の前に座ってこの出来事を眺めていたが、片手を伸ばして千次郎を宥めた。

「まあ、お止しなさい。その子分さんが悪いわけじゃあない」

千次郎は顔面を紅潮させ、握り拳を震わせながら濡れ縁に立ち、庭の子分を睨み付けていたが、世話になっている幸左衛門に嘴を挟まれては仕方がない。

「もういい、行け」

そう言って追い払って、座敷に戻った。

子分は、千次郎と幸左衛門に頭を下げると、庭の枝折り戸から出て行った。座敷に報告しに来た時は濡れ縁を渡ってきたのに、足袋裸足で土の上を歩く羽目になってしまった。

千次郎は、憤懣やる方ない、という顔つきで、幸左衛門に対して半身に構えてドッカと座ると、羽織の袖の中で太い腕を組んだ。

顔面は真っ赤に血の気を昇らせたままである。眉は太く、逆八の字に逆立っている。目玉をギョロッと大きく剥いて、太い鼻の下で唇をへの字に結んでいた。

洲崎ノ千次郎は大川西岸一帯を仕切っていた博徒である。裏の世界で様々な悪事に手を染めている。勘定奉行所の役人を暗殺するなどという荒事を買って出たのも、この男ならではの暴挙であった。

「困ったことになりましたねぇ」

他人事のような顔つきで、田丸屋幸左衛門は言った。

幸左衛門はこの年で五十二歳になる。鬢などはだいぶ白くなっているが、妙に若々しい風姿で、時折、夢見がちの青年のような顔をすることがある。この時もそうだった。

千次郎は「ケッ」と唾でも吐きそうな顔で横を向いた。

「いつものことだが、浮世離れした物言いじゃないですかぇ、田丸屋さん」

大川に沈めたはずの原口茂十郎の死体が発見され、下手人として自分の名が指された。慌てて江戸から逃げ出したのに、今度は茂十郎の跡取り息子が、「父の敵」と付け狙っているという。

「何が敵だ。馬鹿馬鹿しい」

千次郎は吐き捨てるように言った。

田丸屋は煙管を口に咥えてほんのりと笑みを浮かべた。

「しかし、博徒の親分さんを敵と狙うお武家様っていうのも珍しいね。まったくもって格好がつかない」

敵討ちは武士同士で発生する。百姓町人が相手なら無礼討ちだ。

「狙われるこっちはもっと格好がつきやせんぜ」

それだけなら、馬鹿なお武家がいたもんだ、と笑っていればいいのだが、

「まさか……、追い首が助太刀を買って出るとは思わなかったぜ」

千次郎は「チッ」と舌打ちした。

先ほどの子分が急いで知らせに来たのはこの事であった。これにはさすがの千次郎も度を失って、おもわず子分に八つ当たりをしてしまった。

千次郎が子分を折檻するのには正当な理由がないわけでもない。自分が田丸屋に身を潜めていることは、一部の子分にしか知らせていない。それなのに原口善八郎が古河に向かっている。ということは、どこかで誰かがしくじりをして、情報を漏洩させたということだ。

幸左衛門も煙管を咥え直して、なにやら思案する顔つきになった。

「追い首ねぇ。噂には聞いていたけどね。江戸じゃあ最近、妙な商売が流行っているものだと他人事のように思っていたんだが、まさかこっちに火の粉が降りかかってくるとは思わなかったよ」

「お、おい、田丸屋さんよ……」

ここまできて、「面倒だから」とお払い箱にされたのではたまらない。

幸左衛門はニヤーッと笑った。

「案ずることはない、千次郎さん。原口茂十郎を殺してくれるように頼んだのはあたしだ。いわば悪事の一蓮托生。親分が捕まれば、あたしも後ろに手が回る。裏切ったりなどするもんか」

悠然と煙管をくゆらせながら言った。

千次郎は安堵の顔つきだ。

「そいつは心強ぇ」

田丸屋幸左衛門は目を細めると、フーッと紫煙を細長く吐いた。

五

草加宿の次の宿場は越ヶ谷宿（現在の表記は越谷）だ。草加から二里ほどの旅程である。

「うわっ、ぷ……」

突然に強風が吹きつけてきて、利吉は顔を覆った。

「くそっ、目に沁みやがる」

火山灰の混じった土埃(つちぼこり)が目に入った。火山灰は酸性である。しかも細かなガラス質だ。目に入れば普通の埃以上に痛む。

街道では百姓たちが肥を担いで行き来している。チャポンチャポンと汚物の滴を飛び散らしている。この滴は当然に雑菌だらけだ。汚物の滴が地面にしみこんで、乾くと土埃になる。これが目に入ると悪性の眼病を引き起こしかねない。

原口は利吉の肩に手を回し、近くの用水路へ引っ張って行った。

「すぐに目を洗ったほうが良い」

『風が吹くと桶屋が儲かる』という譬(たと)えがある。目に埃が入ったぐらいで失明するものなのか？　と感じるのだが、江戸時代の土埃は危険なのだ。

やはり原口善八郎は蘭学を学んでいるようだ。的確な処置で甲斐甲斐(かいがい)しく、利吉の介抱をした。

「もったいねぇ。御勘定奉行所のお役人様になろうという御方が、あっしのようなモンにこんな……」

普段は役人など歯牙(しが)にもかけず、むしろ目の敵にしている利吉なのだが、この類のひねくれ者の通例として、親切にされると必要以上に萎縮(いしゅく)してしまう。

利吉が目元を手拭いで拭いながら戻ってきた。原口もやって来る。

原口は北の空を遠望した。

「北のほうでは、天候が荒れているようですね」

そう断言した。これも蘭学で学んだ気象学であろうか。

空が暗い。そして強風が吹きつけてくる。この季節、北関東には積乱雲がたいへんに発生しやすくなる。いずれこの辺りも雨になるかも知れない。

新三郎と大黒主水も頷いた。旅慣れた者は天候の変化に敏感だ。こちらは学問こそないが、経験による智慧（ちえ）がある。

ただでさえ旅程は遅れている。原口善八郎の千住到着が昼近くだったからだ。

「今夜は越ヶ谷宿に泊まるのが良いでしょう」

新三郎が言うと、大黒主水も無言で頷いた。主水の黒い着物の肩の辺りは真っ白な旅塵にまみれていた。

越ヶ谷宿には本陣一軒、脇本陣四軒、旅籠（はたご）五十二軒があったという。この宿場も徳川家の政策によって作られた人工的な集落で、街道に面した建物の間口は六間（十・八メートル）に統一されていた。奥に向かって長い敷地の造りである。いわゆる『鰻（うなぎ）の寝床』だ。

一行は平旅籠に泊まった。飯盛女を雇っていない店である。

遊女は油断がならない。敵が追い首を罠にはめようとする場合、最初に考えるのが遊女を刺客に仕立てることなのである。新三郎たちはこれまでにも何度か、遊女に化けた女殺し屋に襲われた。布団に誘い込んで、精気を抜いてしまえばこっちのものだ、などと考えているのであろう。

田丸屋や千次郎も、似たような悪巧みを練っているかもしれない。

そういうことで平旅籠に泊まったのだが、男ばかりの集団で、お参りのための精進潔斎をしている様子でもない。そういう集団が色気のない旅籠に泊まるのは珍しい。旅籠の主人にまで、訝しげな目で見られてしまった。

幸い、旅籠は空いていて、二部屋を取ることができた。奥の部屋に原口善八郎と小者の久助を入れて、新三郎たち三人は帳場に近い座敷に入った。

「二階のほうが風通しが良くてよろしいですよ」と主人に勧められたのだが、あえて一階の座敷を取った。いざというときの逃走を考慮してのことだ。鰻の寝床で二階座敷では、逃げ場は正面の窓しかない。反対側の町家の屋根から矢で射かけられたらそれまでだ。

新三郎は座敷の真ん中に腰を下ろした。

気を張っていないと敵襲があった時に困るのだが、かといって、緊張したままでは心身ともに疲れ果て、翌日の旅に差し障りが出る。気の弛(ゆる)め加減が難しいところだ。

隣の部屋では原口善八郎が久助の世話を受けていた。旅慣れない若者だから、足に肉刺(まめ)など作ってしまったのかもしれない。

「田舎の飯も存外悪くないものだったな」

などと夕食の感想を口にしている。

——やはり、妙な男だ……。

天領を回る検見役などという手合いは、ある意味でヤクザより質が悪い。農民に対する強請(ゆすり)たかりなど当たり前だ。その役人の倅(せがれ)にしては人が良すぎるように思える。

——否、人が良い、などというものではないぞ。

これは父親の敵を探す旅なのだ。千次郎を見つけたら見つけたで、千次郎の子分の荒くれ者どもや、田丸屋の船頭たちとの戦いになる。相手は腕力勝負の男たちだ。こちらは刀を持っているとはいえ多勢に無勢、乱戦になれば不利は免れない。

原口の足の運びや身のこなしは不器用そのもので、武芸を修練したようには見えない。戦えばヤクザの三下にも勝てないだろう。

――それを承知しているからこそ、我々を雇ったのであろうに……。

にも拘らずこの緊張感の欠如はなんなのか。やはり、なにかの理由があるのか。新三郎は考え込んでしまった。

第三章　暗闘　越ヶ谷宿

一

話は少しばかり遡る。新三郎と原口たちが、土埃に悩まされながら越ヶ谷宿への街道を歩いていた頃である。

田丸屋幸左衛門は奥座敷に一人で座り、仏壇に向かって静かに祈りを捧げていた。

仏壇には、古い大きな位牌がいくつか並べられている。あまりにも立派過ぎる位牌だ。まるで大名家のようだ。確かに田丸屋は持ち船を何艘も所有する河岸問屋で、古河近辺では有数の豪商だが、商人の身分には明らかに不釣り合いな大きさである。

　位牌の上の仏の座には、古ぼけた仏画がかけられている。観世音菩薩らしき立ち姿がうっすらと見てとれるが、顔料が退色しているうえに紙の傷みが激しくて、何が描いてあるのかよくわからない。

「旦那様」

　座敷の外から声をかけられた。田丸屋の手代であった。

「ちょっと待ちなさい」

　幸左衛門は仏壇の扉を閉める。身分不相応な位牌と、何が描いてあるのかわからぬ仏画は、手代にも見せることのできない物であるようだ。

　幸左衛門は机の前に戻り、帳簿などを広げ直してから、「お入り」と応えた。

　襖が開けられて廊下に正座した手代が一礼した。幸左衛門は目も向けず、忙しさを装って帳簿を検めながら訊ねた。

「なんだね」

「はい、千次郎親分さんが……」

　手代は口ごもった。

　この家が人殺しを匿っていることを知っているのは、田丸屋でも番頭や一部の手代だけである。千次郎は八方破れな性格で声がやたらと大きい。「旦那様のところに妙なお客人がいらした」とは、みんな気づいているのであるが、まさか江戸で役人を殺した凶状持ちだとは思っていない。

それをいいことに千次郎は、田丸屋で我が物顔に振る舞っている。

「親分さんが船を出せと仰って、河岸で悶着を起こしているのでございます」

「船を出す？　どこへ行きなさるおつもりだろう」

「子分衆を従えて、まるで殴り込みでもかけるような勢いでございます」

「困ったねえ」

幸左衛門は思案顔で首をひねった。

幸左衛門という男は、いつでも冷静沈着である。普通の人間なら激怒するような場面でも、無言で悲しげな表情を浮かべたりもする。

「どこの河岸かね」

「友沼河岸でございます」

「仕方がない。わたしが行って話をつけてこよう」

幸左衛門は腰をあげた。

田丸屋の表店には、江戸に送る廻米が俵で山積みになっていた。江戸市中にも蔵はたくさんあるが、なにしろ江戸は膨大な人口を擁している。公儀の御蔵や米問屋の蔵だけでは一年分の消費量を収蔵できない。江戸の米蔵が空っぽになり次第、関八州の河岸に蓄えられた廻米を順次送り届けるのだ。

幸左衛門が表店に出ると使用人や人足らが一斉に頭を下げてきた。幸左衛門は雪駄を突っかけて急ぎ足で外に出た。

「む……」

その瞬間に、おもわず足が止まった。

風が吹きつけてくる。幸左衛門のふくよかな頬を撫でた。

――湿っている……。

風は生暖かく、肌に粘りつくような湿気を伴っていた。

幸左衛門は空を見上げた。青空が広がっている。眩しい陽光が照りつけてくる。

だが、いっこうに暑くなる気配もない。

――妙な陽気だ。

そうは思ったものの、今は千次郎を押しとどめるほうが先だ。幸左衛門は友沼河岸に走った。

河岸では、いつものように千次郎が大声を張り上げていた。船乗りたちも血の気が多いことでは負けていない。ヤクザの親分に対して臆することなく怒鳴り返している。今にも大喧嘩が始まりそうな雲行きだ。

幸左衛門は殺気だった男たちの間に割って入った。幸左衛門に気づいた船乗りたちは、さすがに静まりかえって頭を下げた。

「なんの騒ぎでしょうかね」

幸左衛門は千次郎に訊ねた。

千次郎は不機嫌半分、喜び半分の顔つきで幸左衛門を見た。

「これは良いところへ来てくだすった。田丸屋の旦那からも船を出してくれるように口添えしておくんなせぇ」

「船を出して、どこへお行きなさる」

幸左衛門が訊ねると千次郎は、幸左衛門の耳元に口を寄せて小声で囁いた。

「おいらの子分どもに、例の野郎を追わせているんだ。今夜、奴らが宿をとったところで、寝込みを襲おうと考えているんでさぁ」

「なんと……」

幸左衛門は言葉を失った。

千次郎は得意気に笑っている。

「なにも指を咥えて野郎どもの到着を待っていることはねぇんだ。というわけでしてね、こっちから出張ってやることにしたんでさぁ」

先手必勝が千次郎の流儀であるらしい。

「幸左衛門さんだって、おいらのようなモンを匿い続けているのは迷惑ってもんでしょう。おいらが原口の跡取りをブッちめてしまえば、後腐れがなくなって良いでしょうよ」

幸左衛門は答えず、河岸の桟橋に降りて、川底に目を向けた。

「船は出せませんよ」

「なんだって。幸左衛門さんまでそんな！」

幸左衛門は静かな眼差しで千次郎を見つめ返した。

「出して差し上げたい気持ちもないではない。しかし、出せないのです。ご覧なさい」

幸左衛門は河岸の川底を指差した。

この時代、関東の沃野を流れる川の水は、そのまま飲料水として使えるほどに澄みきっていた。実際に江戸の市中に引かれている水道は川の水だ。澄みきっているから、川底まで、はっきりと見通せた。

その川底が真っ白になっている。古河の事情に疎い千次郎は、川底に白い砂利でも敷きつめてあるのか、と思った。

「あれは、山焼けの灰ですよ」

幸左衛門は穏やかな口調で告げた。

浅間山の大噴火は大量の火山灰を関東一円に降らせ、火砕流や土石流で谷を埋めた。江戸では一寸の灰が降ったが、この古河ではその倍、二寸もの灰が降ったのだ。当然、上野国ではもっと大量の降灰があったことだろう。

それらの火山灰や土石流が、川の流れに乗って押し寄せてきて、利根川や渡良瀬川の川底に積もったのである。

「セイヤ、セイヤ」と威勢の良い掛け声が聞こえてきた。大型の高瀬船から渡された縄を河岸の人足たちが引っ張っている。船を河岸にたぐり寄せているのだ。

高瀬船の船底が川底に触れて、ガリガリと不気味な音をたてた。船体が軋んでいる。

高瀬船の喫水は浅く作ってある。それでも河岸に引きこむ際には川底に乗り上げてしまうのだ。高瀬船はそれを織り込み済みで頑丈に作ってあるから壊れたりはしないが、船の寿命が短くなるのは避けられなかった。

「これでも、川底を浚って(さら)は、いるのですよ」

幸左衛門が高瀬船に目を向けたまま言った。

土砂や火山灰が積もったのなら、浚渫(しゅんせつ)して川底を下げれば良いのだが、人力頼みの江戸時代では大規模な浚渫などできない。川の水量が少ない日には、船の出し入れに多くの人手がかかる。運行が妨げられる。

新三郎たちは千住宿のやっちゃ場で、売り物の野菜の乏しい光景を目撃したが、それは直接の農作物被害だけではなく、取れた作物を江戸に運ぶ水路が、火山灰で塞がれてしまった、という大問題に起因するものでもあったのである。

ちなみに、浅間山の火山灰や土石流の浚渫が完全に完了したのは明治時代のことである。

幸左衛門は千次郎に目を向けて、諭す(さと)ように言った。

「河岸問屋の最大の使命は、江戸に廻米を送ることです。あなたを乗せる船を河岸に入れる余裕はない」

千次郎は負けじと言い返した。

「何も大船に乗せてくれと頼んでいるわけじゃねぇ。渡し舟だっていいんですぜ」

「そのお考えはもっといけませんね。大きな船の底に隠したから、あなたがた一家を江戸から古河まで運ぶことができたのです。小舟で川を下ったら、栗橋の関所で川船奉行様の御配下にみつかってしまいます」

川船奉行は関八州の水運を管轄している。船で移動する科人や博徒を捕縛する役目も負っていた。田丸屋ほどに名の通った河岸問屋の持ち船なら、検めも緩いので科人の数人を船底に隠すことはできる。それで千次郎は古河まで逃げてくることができた。

しかし小舟で関所を通過したらそうはいかない。たちまちのうちに捕まってしまう。

「じゃあ、いってぇどうしろって言うんですかい！」

幸左衛門は哀れむような目つきで千次郎を見つめた。

「急いては事をし損じるの譬えもある。ここはじっくりと腰を据えてかかられるのがよろしいでしょう」

「しかし、先に出立した子分どもは、今夜にも追い首を襲うかもわからねぇ。そういう手筈にしちまったんだ。おいらが駆けつけて行ってやらねぇと、子分どもだけで追い首に襲いかかりやすぜ。子分どもを見殺しにゃあできねぇ」

千次郎のような男でも、自分を慕う子分は可愛いらしい。

それでも幸左衛門はウンとは言わなかった。困ったような顔をして、千次郎を見つめ返しただけであった。

二

昼ごろには雲ひとつない晴天だったのに、宵の口になって突然に大雨が降ってきた。原口善八郎の天気予報と、新三郎たちの予感は的中した。

土砂降りの雨が容赦なく降りつけてくる。遠くから雷鳴が轟いてきた。

雨が降ると、舗装されていない道は泥沼のようにぬかるんでしまう。いたるところに水たまりができて雨粒を弾いていた。

宿場の出入り口には木戸が立てられている。二本の太い柱が鳥居のように貫（横に渡された木材）を支えていた。これらの木戸の門扉は緊急時以外は終夜、開け放たれていた。

稲光が夜空を切り裂いた。一瞬、宿場全体が真昼のように明るく照らし出された。板葺（ぶ）きの屋根が雨で白く煙って見える。雨足はどんどん激しさを増している。三度笠に道中合羽を着けた渡世人の一団が列をなして宿場に入り込んできた。中に一人だけ塗笠と蓑を着けた浪人者がいる。総勢で十名、洲崎ノ千次郎の子分衆であった。

さすがに江戸の町中を仕切ってきた者たちだけあって、身形（みなり）は小綺麗でしっかりしている。百姓と見分けのつかない北関東の田舎侠客たちとは雲泥（うんでい）の差だ。しかし、いかに綺麗な身形でも、渡世人は渡世人なので旅籠（はたご）には入らない。宿場に踏み込む際には、宿場を仕切る侠客の家に挨拶に赴かねばならない。だが、これから宿場で騒動を起こそうという連中が、地元の顔役に仁義を切るわけにもいかない。千次郎の子分衆は宿場を通りすぎると、宿場外れの神社の境内に集結した。

博徒九名と浪人一名が闇の中、参道に立ち並ぶ。全員無言だ。咳（しわぶき）の声すらしない。雨粒が三度笠を叩く音だけが聞こえている。

一団を率いてきた兄貴分が、合羽についた雨の滴を払いながら神社の階（きざはし）に昇った。貫禄ありげに振り返って、高い所から一家の弟分を睥睨（へいげい）した。

その時、バシャバシャと泥水を撥ねる足音が神社に近づいてきた。小袖を尻端折りにして、手拭いで顔を隠した男が駆け込んでくる。階に立つ兄貴分の前で片膝を突いた。

「原口の倅と家の小者、それに追い首三人、確かにこの宿場に宿を取りやした。旅籠の名前は『善七』でさぁ」

「うむ。ご苦労だった。見張りを続けろ」

ほっかむりの男は「へい」と答えて身を低くして、豪雨の中を戻っていった。

「それで、これからどうする、八蔵兄ィ」

子分の一人が階の兄貴分に訊ねた。

「親分は来ねぇようですぜ」

この神社で待ち合わせをして、原口主従と追い首たちを根こそぎ倒すという計画だったのだが、肝心の親分がいない。

階に立った兄貴分は、境内を見渡してから言った。

「この嵐だ、古河から下ってくる高瀬船は、途中の河岸で留められているのかもしれねぇ」

まさか、古河を出立できなかったとは思っていない。

無表情で彫りが深く、頬などはそげたように痩せこけている。凄(すご)みのある顔つきだ。幾多の修羅場をくぐり抜けてきたのだろう。人間らしい感情など、とうに捨て去ったような面相をしていた。

八蔵は笠の縁に指をやって、チラリと夜空を見上げた。

「親分は来ていなさらねぇが、闇討ちをかけるにはもってこいの夜だぜ」

雨の音と雷鳴が物音を消してくれる。夜中に出歩く者もいない。現にこうして十名もの渡世人が集まっているのに、誰にも見咎(みとが)められることがなかったのだ。

配下の子分衆も喧嘩出入りをくりかえしてきた強者たちだ。「殺(や)るのなら今夜しかない」という思いで一致している。

「兄ィ、俺たちだけでやりやしょうぜ。追い首がどれだけ強(つえ)ぇか知らねえが、たかがサンピンの二人や三人だ、どうってこともねぇ」

「まぁ待て」

八蔵はいきり立つ子分衆を片手で制した。

「なにも無理に斬り合いをすることもねぇんだ。要は、原口の首が取れたならそれでいい。追い首どもは銭で雇われただけなんだぜ。原口が死ねば手を引くさ」

金銭で雇われた仕事師とはそういうものだ。義理や体面や、武士の一分などというものには拘泥しない。

八蔵は、こけた頬を引きつらせてほくそ笑んだ。

「原口一人を外へ誘き出す策が、ないわけじゃねぇ」

子分衆を見回した。

「原口を宿場外れの塚に呼び出すぜ。手を下すのは俺と、金次と……」

塗笠を被った浪人に視線を向けた。

「増田先生、やっていただけましょうかい」

増田と呼ばれた浪人は無言で頷いた。頷いた直後にはもう、全身から殺気をメラメラと発散させている。よほど斬り合いに飢えた浪人剣客なのであろう。

八蔵は一同に目を向けた。

「原口は、俺と金次と先生の三人で仕留めるぜ。お前ェたちは邪魔が入らねぇように宿場を見張るんだ。特に、追い首どもが駆けつけて来れねぇように道を塞いでおけ」

増田が一瞬、苦々しげな表情を見せた。八蔵の配慮が気に入らなかったらしい。追い首など、己の剣術で一刀両断にできる自信があるのに、まるで追い首のほうが強いみたいな物言いをされては不愉快だ。

他の者どもは「へい」と答えて、宿場中に散っていった。

金次が八蔵に訊ねた。

「だけど兄ィ、どうやって原口の野郎を誘い出すおつもりなんで?」

八蔵は神社の階を降りて、宿場外れの塚に向かって歩きながら答えた。

「ヤツを呼び出すうってつけの方法がある。……これだ」

懐から木札を取り出した。『へ』の字の下に田丸屋と書かれている。

「なんです? へたまるや? やま・たまるや、と読むんですかえ」

「俺にもいまいち分からねぇんだが、原口の親父の、茂十郎を誘い出す時に親分が使った符丁さ。親に効き目があるのなら、倅にだって効くだろうぜ」

「へぇ」

「これを見せつけられたなら、野郎は一も二もなく駆けつけてくるだろうぜ」

「そうですかえ」

金次は不得要領の顔つきで従う。最後尾をウッソリと、増田が肩をそびやかしながら続いた。

大粒の雨が、旅籠『善七』の屋根を叩いている。新三郎は湿った布団のうえで寝返りをうった。

造りのしっかりとした旅籠を選んだので雨漏りはしない。飯盛女が目当ての安旅籠では今頃大変なことになっているのだろう。もっとも、その手の客は雨漏りなど気にせずに、飯盛女に抱きついているのであろうが。

旅の疲れもあり、抗い難い眠気に襲われていた。新三郎は泥のような眠りに落ちていった。

三

原口は夢を見ていた。

狭くて薄暗い板敷きの部屋で、一人の女が苦しみ悶(もだ)えている。真っ黒に煤(すす)けた屋根裏の、太い梁から垂れたしごきに両手ですがり、総身を汗まみれにさせて絶叫していた。

両脚は板敷の床に投げ出され、股は大きく広げられている。股の間には白髪頭を振り乱した醜い老婆が陣取っている。悶える女の陰部から噴き出した大量の羊水と血が床板一面に広がっていた。

「ほれ、気張りなされや、もう一息じゃ」

老婆が女に声をかける。女の絶叫がさらに激しくなる。眉間の縦皺がきつくなり、指の関節が真っ白になるほど力をこめて、しごきを握りしめた。

その直後、赤子の泣き声が小屋いっぱいに響きわたった。

「生まれたぞ！　男の子じゃ！」

老婆は赤子を取り上げた。赤子はその名の通りに、顔も全身も真っ赤にさせて泣いている。

老婆は、赤子を見つめながら、悲しげに瞼を瞬かせた。

「これが宿命とはいえ、哀れなものよのう。わしを恨んでくれるなよ」

痛ましげに呟きながら赤子の首に手を回した。間引きをするのは初めてではない。赤子の首など、捻れば即座に折れることを知っていた。それですべてが終わるのだ。

と、その時、
老婆は、その赤子が、右手に何かを握っていることに気づいた。

「なんじゃろう？」

老婆は間引きの手を止めて、その何かを指先で摘んだ。赤子は必死の力で握りしめていたが、軽く引っ張るとスルリと抜けて、老婆の手中に収まった。

それは細長い布であった。

「……文字が書かれておるようじゃな」

傍らの桶に浸して、羊水と血を洗い流す。濡れた布地を広げた。

「これは！」

老婆は絶句した。全身をわななかせながら、その布地を凝視し続けた。

「お印じゃ……。我らの、お救い神様のお印じゃ……」

もはや間引きなど思いも寄らない。田丸屋幸左衛門がどうしても殺すというのであれば、自分がこの赤子を担いで逃げねばなるまい。

原口善八郎はその光景を天井のあたりから見下ろしている。

――この赤子が俺か……。

老婆に抱かれて泣きわめいている醜い赤子。

いつしか夢は途切れ、深い眠りに落ちていった。

夜四ツ半（午後十一時ごろ）を過ぎた頃、旅籠『善七』の表戸が静かに叩かれた。

戸口近くで寝泊まりしていた番頭が、おっくうそうに起き出して、常夜灯の火を手燭に移し、戸口に下りた。

「どなたさんでしょう」

細い覗き窓を開けて外の様子を窺う。ただでさえ暗い深夜なのに雨まで降っている。手燭を翳してようやく、闇の中に立つ男の姿が見て取れた。

男は雨よけのためなのか、手拭いでほっかむりをしていた。そのせいで、人相がわからない。

男が口を開いた。

「こちらさんに、江戸から旅をして来られた原口様がお泊まりでございましょうか」

男の口調は江戸者ふうであった。番頭は答えた。

「ええ、お泊まりですよ。お前様はお供の方ですかね？」

男は首を横に振った。

「いいえ。こいつを渡して頂きたいんで」

懐から木札を取り出した。覗き窓から中に押し込んでくる。番頭は受け取って眺めた。墨で屋号らしきものが書かれている。一番上が『へ』、その下に田丸屋とあった。

外の男が言った。

「そいつを見せていただければ原口様には通じるはずなんで。宿場外れの塚でお待ちしているとお伝え願いてぇんでさぁ。夜分ですから、他のお客の迷惑にならねぇように願いますぜ」

そんなことは言われるまでもない。

「これを渡せばよろしいのですね。宿場外れの塚でお待ちだと」

念を押して覗き窓を覗いた時にはもう、男の姿は消えていた。雨の中を走り去ったようだ。

旅籠の客に呼び出しがあるのは別段珍しい話でもない。待ち合わせ場所が宿場外れの塚、しかもこの雨の中、というのが不自然だが、それを怪しいと感じれば原口は出て行かないだろう。旅籠の番頭としては有体(ありてい)に伝えるだけである。

原口の座敷の前まで行くと、閉められた障子の向こうから寝息が聞こえてきた。原口は熟睡しているらしい。起こすのも気が引けるが、大事な約束かも知れないので、起こさないわけにもいかない。

番頭は座敷に入ると、他の客の手前、大きな音を出さないように気をつかいながら、原口をそっと揺り起こした。

「お客様、原口様」

原口は寝汗をベットリとかいていた。何か、悪い夢でも見ていたようだ。

何度か揺さぶっているうちに、ようやく、重い瞼を開けた。

「う……、なんだ。もう朝か」

「いいえ、まだ夜四ツ半にございます」

「なら、寝かせておいてくれ」

寝返りをうとうとするのを、慌てて起こした。

「たった今、お連れの方がこれを持って参られたのですよ」

例の木札を渡す。手燭を翳して『へ田丸屋』の文字が見えるようにしてやった。

原口の顔つきが変わった。一瞬で眠気を覚ましたことが、番頭の目でもよく分かった。

原口は夜具を払うと上体を起こし、再度まじまじと木札を凝視した。

旅籠の番頭も、原口が宿を求めて入ってきた時は「侍とは思えぬ腑抜け顔だ」と思っていたのだが、この時の原口は真剣そのもの。鋭い目つきに気迫を感じさせている。

「これを、誰が？」

「さぁて、名も名乗られずに行ってしまわれましたので……。宿場外れの塚でお待ちしている、とのことでございました」

「宿場外れの塚？　それはどこにあるのだ」

「旅籠を出て右手に向かって進めば、木戸を出てすぐの所に塚が……。一本道でございますし、迷うはずもございません」

原口はガバッと跳ね起きた。身支度を整えるのももどかしく、寝間着代わりの小袖に長刀だけを差した。

「行って参る。雨具を貸してくれ」

「はい」

「それから、供の者たちは起こさぬように」

鋭い小声で命じてから、わずかに表情を和らげて、

「この夜分に起こしては迷惑だからな」

と、言い足した。

原口は番傘を借りると、表戸を開けてもらって外に出た。同時に稲妻が天を走って、夜道を眩しく照らしだした。

火を入れた提灯を渡される。「すぐに戻る」と言い置いて、原口は夜道に足を踏み出した。

新三郎は眠っていたはずだったのだが、脳の片隅のほうが覚醒していて、番頭と原口の遣り取りを聞いていた。

追い首として江戸を離れれば、関八州はすべて敵地だと言っても過言ではない。野放図に熟睡できるはずもなかったのだ。

――原口さんは、どこへ行くつもりなのだ。

戸が開けられて、雨の中へ差しかけられた番傘で、ポツポツと水を撥ねる音まではっきり聞こえた。普通に目を覚ましている時には聞こえない音や気配まで聞き取れるのが不思議である。

新三郎はすかさず起き上がると、枕元の刀をひっ摑んで腰に差した。すでに眠気は去っている。頭も身体も覚醒しきっていた。

表口のほうに足早で向かうと、ちょうど番頭が戸締りをしようとしていたところであった。

「原口さんは」

新三郎が声をかけると、番頭は心底びっくりしたような顔つきで振り返った。

新三郎は無意識に気息を殺し、足音まで忍ばせていたのである。

「ああ、驚きました、お客さん、驚かさないでください」

「原口さんはどこへ行ったのだ」

重ねて問うと、原口の連れということもあり、特に隠すべきこととも感じられなかったのか、番頭は事実をありのままに伝えた。

新三郎は裸足で三和土(たたき)に下りた。草鞋(わらじ)を履いている余裕などない。雨の中を雪駄や下駄で走れば、どうせすぐに脱げてしまう。着物の裾を端折って帯の後ろに挟んで留める。脚が膝上まで剝(む)き出しなった。

「俺も行く。開けてくれ」

「はぁ、それでしたら傘をお貸ししましょう」

「いらん！　早く開けろ！」

傘を取りに向かおうとする番頭を呼び止めて、潜り戸の鍵を開けるよう命じた。

新三郎は戸口をくぐって外に出た。

「そんなお姿ではずぶ濡れに……。しかも裸足で……」

新三郎が宿に戻ってきてからの始末を思いやって、番頭は呆(あき)れるやら、嘆くやらの顔つきとなった。

新三郎は腰の刀を左手で押さえながら走り出した。

雨は容赦なく降りつけてくる。月代(さかやき)や額で雨粒が弾けて、眉から目に流れた。

——いるな……。

闇の中に殺気があった。原口を追う新三郎に足止めを食らわせようというのか、長脇差に反りを打たせた曲者(くせもの)が二人、通りに飛び出してきた。

新三郎は刀の鯉口を静かに切った。

四

風は強く、雨は斜めに降ってくる。原口は番傘を傾けながら宿場の外れを目指した。帯から下はすぐにグッショリと濡れてしまった。

雷が走った。宿場の木戸の冠木門(かぶきもん)が稲光に照らし出されて闇の中に浮かび上がる。まるで二本の磔柱(はりつけばしら)のようだ——と、原口は思った。

木戸をくぐって宿場の外に出る。問題の塚はすぐに見つかった。こんもりとした椀状の盛り土の上に、広葉樹が枝を大きく広げていた。

旅籠で借りた提灯は風雨ですでに消えている。原口は稲光だけを頼りに脇道に踏み込んだ。

塚の麓に小さな祠があった。こんな祠でもたまには祭りがあるのだろう。祠の前が小さな境内――というか、野原になっていた。

原口が野原に踏み込んでいくと、祠の裏手から一人の男がヌウッと姿を現わした。雨よけの三度笠を斜めに傾けて面相を隠している。笠の緒はすでに解いてあって、笠は片手で翳しているだけのようだ。

「原口さんで」

その男から声をかけられたが、原口はなにも答えない。男がなにかを口にするのを待っている。仲間内の符丁は、例の木札だけではなく、合言葉も必要である。

しかし、三度笠の男は、その合言葉までは知らなかった。

「原口さんでございやすね？」

念押しをすると、三度笠をパッと背後に投げ捨てた。道中合羽の裾を大きくまくって長脇差の柄を摑むと、いきなりに抜刀した。

「ま、待てッ」

原口は片手を突き出して制しようとした。無意識に逃げ場を探して視線を泳がせるが、さらに、原口を取り囲むようにして二つの人影が現われた。

「お前たちは……。そうかッ、洲崎ノ千次郎の手下かッ」

「今頃気づいても遅(おせ)ェんだぜ！」

正面の男——千次郎一家の代貸の八蔵が長脇差を振りかぶる。カッと天空を走った稲光に、抜き身の刃と、殺気をはらんだ八蔵の顔が青白く照らし出された。

原口はよろめきながら後退した。腰の刀を慌てて抜いた。

勘定奉行所の役人は算術の達者、農政の達者によって構成されている。仕事内容のほとんどは事務方である。武芸の心得などは必要ない。関八州取締出役も勘定奉行所の役人なのだが、捕り物は手下に任せきりだ。

原口も例に違(たが)わず、算盤(そろばん)は達者だが武芸はからきしである。刀を抜いてはみたものの、構えはまったく定まらず、刀身はブルブルと震えている。

三方を敵に囲まれている。正面のヤクザ者だけでも手に余るのに、右手には別のヤクザ者、左背後には不気味な浪人が睨みを利かせていた。原口はせわしなく足場を踏み替えたが、どうにも逃げ場所が見つからなかった。

「どうした、ええ？　お役人様よォ」

八蔵は長脇差の切っ先をスッ、スッ、と突き出してくる。そのたびに原口が大慌てで逃げまどうのだが、その無様な姿を面白がっている様子だ。さっさと倒してしまえばいいのに、ヤクザ者ならではの嗜虐癖を発揮して、原口を嬲り始めた。

「どうしたいお役人様？　俺たちゃあご覧の通りの悪党だぜ。御勘定奉行所のお役人様なら、関八州を荒らす博徒は捕縛しなくちゃいけねぇんじゃねぇんですかい」

原口の胸元目掛けて鋭く切っ先を突き出す。原口は逃れようとして足を滑らせて、惨めに尻餅をついてしまった。派手に泥水を撒き散らしながら転がった。

八蔵は狂ったように顔を引きつらせて嘲笑った。

「どうしたどうした、お役人様。とっとと俺たちを捕まえねぇか。さぁ、お立ちなせぇやしよ」

原口が立ち上がろうとすると、またもグイッと斬りつける仕種をする。原口は再び尻餅をつく。八蔵は身をのけ反らせて哄笑した。

と、その直後、

「グワッ」ともう一人のヤクザ者、金次が不気味な声を上げた。八蔵は、何が起こったのかと目を向けた。

金次は身体を妙な形によじっていた。背をのけ反らせ、胸を突き出した格好で四肢をガクガクと震わせている。

ピカッと稲光が走る。金次の胸から突き出した刀の切っ先が眩しく光った。

「だ、誰でぃ！」

金次の背後に何者かがいる。刀で金次の胸を貫いている。その男は、金次の背中に足をかけて蹴飛ばすと、一気に刀身を引き抜いた。

金次の身体が前のめりに倒れた。地べたの上で全身を痙攣させていたが、すぐに絶命した。

全身ずぶ濡れの侍が立っている。肩や腕を流れた雨水が刀を伝い、刀身についた血糊を洗い流した。

「てっ、手前ェは……！　そうか、手前ェが追い首かいッ」

八蔵は新三郎や大黒主水の顔を知らない。しかし、おっとり刀でこの場に駆けつけて来る者と言えば、原口が雇った追い首しか考えられない。

「いかにも」

と、新三郎は答えた。そして斬撃の気を八蔵めがけて放った。

八蔵はさすがに一家の代貸を務めるだけあって、喧嘩出入りにも慣れている。

それゆえに新三郎のただならぬ気迫をすぐに察した。

もはや原口どころではない。

「畜生め、見張りは何をしていやがったんだい」

従えてきた弟分の何人かを宿場に配していた。追い首が迫ってくれば、立ちふさがるように命じてあった。

新三郎はビュッと刀を振り下ろして、刀身の滴と、血糊を振り払った。

「見張りはいたさ。斬り捨てて、押し通ったまでだ」

「なんだと、このサンピンめ！」

混乱した八蔵が絶叫した瞬間、ダッと踏み出した新三郎が、泥水を撥ねあげながら突進してきた。

八蔵は長脇差で咄嗟に合わせた。さすがに江戸の裏社会で兄貴風を吹かせているだけのことはある。喧嘩に慣れた八蔵だから、新三郎の斬撃に抜き合わせることができた。だが、所詮はヤクザ者のなまくら刀だ。ポッキリと根元から折れてしまった。

「あぁっ！」

短くなった刀を目にして、八蔵が絶望的な悲鳴を上げた。

「八蔵！　退(ひ)けッ」

剣客浪人の増田が刀を抜いて迫ってくる。増田の突進がわずかでも遅かったなら、八蔵は新三郎の二の太刀で仕留められていたであろう。

笠を被り、蓑を着けたまま、増田は新三郎に斬りかかった。正眼から真っ直ぐに刀を振り下ろす。新三郎は鍔元で受ける。打ち合わされた刀身から、一瞬、黄色い火花が飛び散った。同時に、増田の蓑笠から水飛沫(しぶき)が盛大に跳ねた。

増田は体重に任せて押し込んだ。体格の軽い新三郎の足が泥の上を滑って後退する。

二人の剣客が鍔迫り合いをする隙に、八蔵は転がりながらその場を逃れた。

増田は力任せに押してくる。新三郎も負けじと踏ん張るが、ぬかるみの上を足裏がズルズルと滑った。このままでは拙(まず)いと新三郎もわかっているのだが、この状況はいかんともし難い。

増田の荒い鼻息が新三郎の顔にかかる。猪のように嘶(いなな)いて、なおも押してくる。このまま押し切られ、体勢を崩せば即座に斬撃を食らうであろう。足元のおぼつかないぬかるみでは、咄嗟(とっさ)に体をかわして逃れることも難しい。

と、その時、新三郎の踵(かかと)が何かにぶつかった。泥の中からニョッキリ生えた切り株だ。

　新三郎は切り株に足をかけて踏ん張った。支えができた分だけ力強く、相手を押し返すことができた。

「うおっ？」

　今度は増田の足裏が滑る。増田は足腰に力を入れ直したが、泥の中では踏ん張りが利かない。今度は新三郎が増田の身体を押し返した。

「でやっ！」

「とおっ！」

　互いの身体が離れかけた瞬間に、二人は同時に刀を振った。二本の刀が絡み合うようにして火花を散らしながら振り下ろされる。二人は背後に飛び退（の）いている。刀が絡み合った分だけ斬撃の速度は落ちて、互いに飛び退きあった空間で空振りした。

　さらに二人は後退する。互いの力量の生半（なまなか）ならぬことを覚（さと）って、用心深く間合いを取った。

　一間半ほどの距離を隔てて睨み合う。増田は邪魔な笠を自ら引き剥（は）がした。笠の台と緒だけが頭に残った。

その隙に新三郎は刀を鞘に戻す。新三郎が学んだ剣の流派は片山伯耆流、居合の剣である。刀を抜いて戦うより、鞘に納めて戦ったほうが有利だ。

居合腰に腰を落とし、右手で刀の柄をまさぐりながら間合いをつめる。裸足の指の間に泥がニュルッと入ってくる。まったく覚束(おぼつか)ない足場だが、それでも裸足のお陰で、地面の様子を感じ取ることはできた。

増田は邪魔な蓑を脱ごうとしたが、藁(わら)を編んで作った紐(ひも)は濡れて固く締まっている。刃物で切り落としでもしないかぎり脱げそうにない。蓑は雨を吸って重い。増田の両肩、両腕にのしかかり、絡みついて、増田の自由な動きを邪魔していた。

一太刀で相手を倒すしかない。二の太刀、三の太刀と斬り結べば、必ず後(おく)れをとる――そう判断した増田は両腕を真っ直ぐに伸ばして構えた。再度の正眼だ。博徒の用心棒などという曲がった人生を歩んでいるわりには、衒(てら)いのない真っ直ぐな剣であった。

新三郎と増田は寸刻みで、足元の泥の踏み具合を確かめながら間合いをつめた。

新三郎は、この泥の上では抜刀時の踏み出しが利かないことを覚っている。思いきり足を踏み出し、身体を伸ばして遠い間合いから斬りつけることは難しい。体重をのせて伸ばした軸足、あるいは踏み出した足の裏が滑ったら最後だ。体勢を崩したところへ敵の斬撃を受けたら避けきれない。

つまり、いつも以上に詰めた間合いでの斬り合いとなる。敵を限界以上に引き付けなければならないのだ。大雨のせいでこれまでにない、難しい戦いを強いられていた。

雨は容赦なく降ってくる。新三郎の顔に打ちつけて、顎の下から滝のように滴り落ちた。

思うように踏み出せないのは増田も同じだ。やはり、無理をして間合いを詰めにかかった。二人とも、異常に接近しながら睨み合っている。道場稽古ではありえぬ距離だ。抜けば切っ先が相手の胸に届きそうな近間(ちかま)で、気合と気合で攻め合っていた。

と、その時、稲妻が二人の頭上を走り抜けた。まともに顔を照らされた新三郎が、ピクッと眉を動かした。

刹那(せつな)、増田の殺気が弾けた。

「ドオリャッ！」

気合とともに斬り込んでくる。瞬時に新三郎も抜刀した。

青白い稲妻に照らされながら二人の身体がすれ違った。一瞬の稲妻、一瞬の斬撃だ。すれ違った時にはもう、すべてが闇に戻っていた。

増田の身体が崩れた。バシャッと泥水を撥ねて泥水の中に倒れ伏す。背中の蓑で大粒の雨水が弾けた。

「あわわわわ……」

慌てふためいたのは八蔵である。頼りの用心棒が一撃で斬り倒されてしまい、完全に泡を食っている。半分腰を抜かしたような姿で、泥水の上を這って逃れようとした。もはや、博徒の兄貴分としての貫禄などはどこにもない。臆病な小動物のような姿であった。

新三郎は泥に足を取られながら八蔵を追った。八蔵は塚の裏手に逃げる。新三郎もヨタヨタとそれを追う。

やがて――、「ギャッ」と八蔵の悲鳴がした。それきり、なんの物音もしない。ただ、雨の降りしきる音だけが聞こえた。

ただ一人、広場に残された原口は、呆然と視線を闇に向けている。

泥水を撥ねながら、新三郎が戻ってきた。

「あのヤクザ者は」

原口が訊ねる。新三郎は刀に拭いをかけて納刀した。

「殺してきました」

さすがに疲れを感じさせる口調で答えた。


新三郎は原口を立たせると、宿場の木戸をくぐって旅籠へ戻った。

途中、宿場の往来の真ん中で、大黒主水と利吉に出くわした。

「御無事でやしたか」

利吉が駆け寄ってくる。大黒主水は片手で番傘を翳して、いつも通りの仏頂面。まったくの無言で佇(たたず)んでいた。

しかし、番傘を差している、というのがなんとも不似合いだ。大黒主水という男、髭も剃らず、着物は一張羅、いかにもむさ苦しい身形なのだが、それでいて妙な洒落(しゃれ)っ気を感じさせることがある。

この二人が宿場の騒動に気づかぬはずがなかったのである。どれだけ息をひそめて戦ったとしても、殺気だけは伝わってしまうからだ。

新三郎は仲間二人に苦情を言った。

「起きていたのなら、なぜ助太刀に来てくれなかった」

するとと利吉は得意気に唇をひん曲げて笑った。

「助太刀ならとっくにやってまさぁ。あっしと大黒の旦那の二人で、宿場に潜んでいたヤクザ者たちを追い払っておきやしたぜ」

なるほどそうか、と新三郎は思った。戦いの最中に敵の仲間が駆けつけて来なかったのには、そういう理由があったのだ。

「新三郎の旦那が殺したヤクザ者の死体は、宿場外れの用水にうっちゃっておきましたぜ。この大雨だ。どこまでも流れて行っちまうでしょう」

原口の所に駆けつけるのを邪魔しようとしたヤクザ二人のことだろう。確かに、宿場の真ん中に死体を転がしておいたりしたら、翌朝、大騒動になってしまう。追い首が倒した敵の死体を片づけるのも、利吉のような走り衆の仕事であった。

「塚の近くにも死体が三つ、転がっている」

新三郎が伝えると、利吉は苦笑して頷いた。

「へェ。そいつらも朝までには片づけやすよ」

「手間をかけるな」

「なんてことはねぇ。これも仕事だ。……それよか旦那方、そのお姿では旅籠に入れてもらえやせんよ。どうするんです？」

そう言い残して利吉は走り去った。去り際に振り返って、意地の悪そうな笑みを浮かべた。

新三郎は自分と原口の姿を見つめた。自分は頭からずぶ濡れだ。そのお陰で返り血は綺麗に流されている筈だが、この格好では座敷にあげてもらえないだろう。布団の中に潜り込むこともできない。

原口はさらに悲惨だ。泥水の中を転げ回ったせいで全身が真っ黒に汚れている。こんな夜中だが、風呂を借りねば始末がつかないだろう。

余計な手間賃を旅籠に弾まねばなるまい。新三郎は暗澹（あんたん）とした。

五

これで翌朝がカラリと晴れ渡っていれば、まだしも心が慰められるのだが、雨は執拗（しつよう）に降り続いている。雷こそ収まったが、どんよりとした雨雲が黒い渦を巻いていた。

「濡れた着物を乾かす手間が省けて良かったな」

どうせこの道中で濡れてしまう。新三郎は減らず口を叩いて、旅籠が用意してくれた食膳を囲んだ。

昨夜の騒動のせいで朝寝坊をしてしまった。予定では、今朝の出立は七ツ（午前四時ごろ）となるはずだったのだが、すでに朝五ツ（午前八時ごろ）になっている。

旅程は狂ってしまったが、いつ何どきどこで襲われるかわからない旅だ。寝不足で疲れた身体で旅をするよりはずっといい。

急いで古河に駆けつける必要もないのだ、と自分に言い聞かせた。どうせ最初から千次郎は〝逃げたり隠れたりしている〟のである。

昨夜、ずぶ濡れの泥まみれで戻った二人は、旅籠の番頭に白い目で見られたのだが、やはり原口は役人の息子である。支配勘定の俸禄はたったの三十両だが、天領の検見役は年に数百両相当の賂を着服しているという。父親が残してくれた悪銭のお陰で旅の資金は潤沢だ。過分な銭を渡すと、番頭は一転、にこやかな笑顔となって甲斐甲斐しく二人の世話を焼いてくれた。そのうえに朝から食膳には川魚の塩焼きがのっていた。

いったいいくら手渡したのか、新三郎には分からないが、世馴れぬ原口のことだ。小判を一両、丸ごと差し出したのかも知れない。

黙々と食事をとる。春とも思えぬ氷雨に打たれながら旅をするのだ。食事だけはたっぷりととっておかねば体力が持たない。

こう見えても三人は武士なので、食事の行儀は極めつけに良い。川魚などは丁寧に身をほぐしてから箸をつける。原口家の小者も、役人の家に仕える者として恥ずかしからぬ行儀の良さだ。丸ごとかぶりついたのは利吉一人だけであった。

「こうやって食うのが一番旨いんですけどねぇ」

などと、口をクチャクチャさせながら言った。

六

夜っぴて江戸川を遡ってきた空船が古河の河岸についた。艫に掲げられた旗には田丸屋の文字が染め抜かれている。

雨は、この古河でも降り続いている。田丸屋の半纏を着けた手代が船から桟橋に下りた。雨よけの傘を傾け、半纏の裾から雨水を滴らせながら、主の幸左衛門の許に向かった。

幸左衛門は問屋場で雨の中、荷卸しされる積み荷の帳づけをしているところであった。店の小僧が番傘を差し掛けている。

幸左衛門は、手代の姿を認めると、大福帳を番頭に預け、小僧の手から傘を受け取って、手代だけを連れてその場を離れた。

幸左衛門と手代は、人気のない河岸の外れで足を止めた。

「どうだった」

「へい、千次郎親分の子分衆が越ヶ谷宿で善八郎様を襲いました」

手代は、昨夜の次第を報告した。洲崎ノ千次郎の前では「船は出せない」と言っていた田丸屋であったが、足の早い空船を密かに出して、腹心の手代を越ヶ谷宿にまで送りつけ、原口たちと千次郎の子分衆との戦いがどう決着するのか、見届けさせていたのである。

「それで、善八郎殿はどうなった」

「へい、千次郎親分の子分衆は、善八郎様に雇われた用心棒が退けました」

「追い首とか申す者たちだな。それで、善八郎殿は御無事なのだね」

「へい。掠り傷ひとつ負ってはおられません」

田丸屋は「うーむ」と唸った。原口の幸運はただごとではない。

田丸屋が沈鬱な表情で黙考していると、手代がさらに、容易ならぬことを告げた。

「村々に噂が流れております」

田丸屋は顔を上げて手代を見つめた。

「どのような」

「お救い神様が、この地に向かっている、と」

「それは原口善八郎殿のことを申しておるのか」

「無論のことでございます」

「善八郎殿の出生の秘密は、固く秘されていた筈だぞ」

「人の口に戸は立てられませぬ。まして、あのような重大事」

田丸屋は天を仰いだ。

不気味な雨雲が龍のようにうねりながら空を流れている。所々、雲の裂け目から陽差しが覗きそうになるのだが、その空の色が赤く染まっていた。どこか遠くから雷鳴が響いてきた。

——まるで、この世の終わりのような空の色だ……。

田丸屋は手代に向き直って訊ねた。

「お前は、お救い神様の存在を信じるかね」

「もちろんでございます」

手代は真っ直ぐに視線を据えて断言した。田丸屋はさらに訊ねた。

「お救い神様が現われる時は、人の世が終わりを迎える時だが、それでもか」

手代は顔色ひとつ変えずに答えた。

「わたしたちは百八十余年もの間、その日がくるのを、ひたすらに待ち続けていたのではないのですか」

幸左衛門は言葉をなくした。この手代にはたっぷりと給金を渡している。しかもこの春には子供が生まれたと聞いている。生活に不安はなく、幸福に満たされているはずなのに、それでも現世での幸せよりも、来世の幸せを希求するというのか。

報告を終えた手代は低頭して去っていった。幸左衛門はしばらくの間、その場に立ち尽くした。

新三郎や原口たち五人は、旅籠の番頭に見送られながら越ヶ谷宿を離れた。宿場町を出る時に目を向けると、昨夜、死闘を繰り広げた塚が暗い雨の中に煙って見えた。

景色から色彩が失われている。どこもかしこも灰色で、雨の飛沫が白く霞んでいた。陰々滅々とした気分になる。斬られた者たちの無念の思いが景色に塗り籠められているような気がした。

新三郎としても、念仏のひとつも唱えずにはいられない。

チラリと横に視線を向けると、原口も笠の下でなにやら神妙な面持ちをしていた。新三郎には聞いたことのない経文を、口の中で唱えている様子であった。

その祈りが天に届いたわけではあるまいが、天空を覆っていた雨雲が一瞬だけ途切れた。

「おっ」

新三郎は眩しさに目を細めて、笠を翳し直した。いったい何が起こったのかと空を見上げると、強風に煽(あお)られた黒雲の一部が裂けて、そこから太陽が覗いていた。ちょうど新三郎たちが立つ場所だけが陽の光に照らされている。薄暗い雨模様の中、一条の陽光が奇跡のように差し込んできたのであった。

風は強く、雨雲は勢い良く流れている。すぐに太陽は隠されて、元の薄暗い光景に戻ってしまった。

幸左衛門は店に戻り、帳場の奥の梯子段を昇った。田丸屋の屋根の上には、渡良瀬川を一望できる物見櫓が建てられている。年嵩の船頭が縁に手をかけて北西の空を睨んでいた。

老人の背中は緊張感に満ちている。幸左衛門の足音が聞こえたはずなのに、振り返って挨拶も寄越さない。

「由三」

幸左衛門が声をかけると老人は、ようやくに振り返った。

もう六十過ぎの老人で、船頭を引退して十年にもなる。しかし、見晴らしの良い川面で生活していたうえに、文字などの細かいものを見る習慣がまったくなかったので、視力は衰えていなかった。

幸左衛門はこの老人に日和見の役を命じてあった。船頭として船を操る体力はないが、老人ならではの智慧と経験がある。雲や風を見て天候を読むことなどはもっとも得意とするところだ。由三の日和見は、まず外れがないという評判をとっていた。

その由三が険しい顔つきで天空一杯にひろがる暗雲に目を向けている。

「旦那さん、こりゃあ、かなり拙いかもわからねぇ」

白髪の髷を揺らして首を振った。

「嵐になるだよ」

そう断言した。

「それも、このオラが生まれてこの方、これまでに一度も見たことのねぇような、大嵐かもしんねぇぞ」

幸左衛門も物見櫓の縁に寄り、手摺りから身を乗り出すようにして、北西——上野国の方角を遠望した。

天候が良ければ、妙義山や榛名山、浅間山まで一望にできる。この日は北西の空の一帯が墨を流したように真っ黒になっていた。

遠くから見る雨は、絹の几帳が風にたなびく様に似ている。雨雲の下から雨が黒い糸を引く。黒い糸が集まって幕のような様相となり、その幕全体が風に煽られて揺れながら地上に落ちてくるのだ。

雨雲の底は乳房のような形で垂れている。乳房雲といって、上空の気流が極端に不安定な時だけに発生する不吉な雲の形状であった。

間違いなく、上州で豪雨が発生している。

言うまでもないが利根川や渡良瀬川の水は上野国から流れてくる。上野国に降った雨が河川に流れ込み、下流の古河へ押し寄せてくる。上州の大雨は古河に洪水の被害をもたらすのだ。

幸左衛門は思案した。川底に溜まった土砂のせいで水嵩が上がり、ただでさえ洪水が起きやすくなっている。そこへ豪雨の追い打ちがかかれば、水は易々と堤防を乗り越えて、古河の町と田畑に流れ込んでくるだろう。

——まずは二日……。嵐が三日続いたら、もう、持つまい。

古河の領内のすべてが大水で押し流されてしまう。この城下も、八万石の田畑も。領内に住む者たちにとってはこの世の終わりに等しい大惨事だ。

そんなことを考えて慄然としていると、由三が皺だらけの顔を向けてきた。

「この世の終わりには、お救い神様が現われると言うだね」

何を言われたのか一瞬わからず、幸左衛門は由三の顔を見つめた。

「お前は何を言っておるのだ」

「旦那さん、わしは頭の悪いもんじぃだが、そのくらいの道理はわかるだよ。この嵐でわしらの暮らしは一切合財、流されてしまう。違うかね」

「まだ、そうと決まったわけでは——」

「なぁに、こんな年寄りだ。いつまで生きていても仕方がねぇ。死ぬのはちっとも怖くねぇんだが、最後の最後によ、お救い神様が手を差し延べてくださるのだとしたら、こんな嬉しいことはねぇなと思ってな」

本気でそう考えているらしく、不気味な黒雲が空にひろがっていくのを見つめながら、ウットリと目を細めて微笑んだ。

「村の者たちも皆、そう言っとるだよ。お救い神様がわしらのところへやって来る……ってな」

幸左衛門は、そのお救い神というのが、原口善八郎を指しているのだと気づいた。

「それは違う」

幸左衛門は強い口調で断言した。

「『お救い神がくる』という噂は、原口茂十郎という不逞役人が、お前たちを誑かそうとして、故意に流したものだ」

原口善八郎の父、洲崎ノ千次郎に殺された男のことである。

「原口茂十郎は悪しき噂を流し、この一帯の者どもを誑かして、取り込み詐欺を働いておったのだ。『お救い神に救ってもらいたい者は賽銭を出せ』などと、災難に見舞われて藁にもすがりたい思いの、お前たちの困窮につけこんでの悪行なのだ」

由三は、ぼんやりと幸左衛門を見ている。思考が停止している者に特有の顔つきだ。知りたくもない現実は受けつけない、という、人の脳の悪しき働きが作用している。

幸左衛門は諦めずに、言葉に力をこめて、言い聞かせた。

「原口茂十郎はわしが殺した。洲崎ノ千次郎に殺させたのだ。だからもう、お救い神の一件はお終(しま)いなのだ。お救い神がやってくることは絶対にない！」

自然災害に見舞われた村人の不安につけこんでの詐欺は許せることではなかった。まして、彼らにとってもっとも神聖なお救い神を騙(かた)るとは何事か。

怒りにふるえた幸左衛門は、原口茂十郎を暗殺させた。幸左衛門としては、これで一連の騒動には決着がついたつもりであったのだ。

だが、原口茂十郎が流した風説は、驚くほど根深く、人々の心に沁み入っていた。

やはり、浅間山の噴火と天明の飢饉によって人心は荒廃しきっていたのである。まともな判断力もなくなってしまい、「お救い神様がやって来る」と言われれば、「早く来てくれ」と狂信に陥る心理状態にあったのだ。

由三は首を横に振った。

「旦那さん。お救い神様は来てくださるだよ。見てご覧なせぇまし。この国はもう、お終ぇだ」

火山灰を被って枯れた田畑。土砂が川底に積もり、黄濁した流れ。そして、迫りくる大嵐の不気味な予兆。

「わしらはみんな死ぬだよ」

恐ろしいことを口走りながらも由三の表情は極めて穏やかであった。

「わしらがみんな死んでしまうってぇのに、お救い神様が来てくださらねぇなんてことがあるはずねぇだよ。旦那さん、見ていなせぇ。お救い神様はきっと、来てくださるだ」

由三は、南の空を向いて手を合わせた。南天もまた、濃い雨雲に塞がれている。

その時。

天が割れて一条の光が差し込んできた。まるで、光の柱が立ち昇ったかのように見えた。

「おお……！」

祈りを捧げたその瞬間に、こんな『奇跡』が起こった。由三は目を見張り、全身を小刻みに震わせた。

「お救い神様だ！　お救い神様が来られる！　ああ、有り難や、有り難や」

身を伏せて手を合わせ、祈りの言葉を唱えはじめた。

幸左衛門も呆然として、地上と天空を繋ぐ光の柱を見つめた。

まさか、と思った。奇跡など起こるはずがない。これはただの偶然だ。陽光が差しただけである。この程度の気象現象は今までに何百回も目にしてきたではないか。

だがしかし、今、原口善八郎が歩いているのは、ちょうどあの辺りであるはずなのだ。

——二十年前、あの男をお救い神様に仕立て上げたのは、他ならぬこのわしだ……。

村人たちを欺くための芝居であった。そうしなければ原口善八郎は、生まれてすぐに殺されていたはずだ。

原口善八郎を救いたい一心で仕掛けた詐欺だったのだ。計画は成功し、赤子の善八郎は父の茂十郎に抱かれて、無事にこの地を離れた。

もうその時点で幸左衛門の意識から善八郎の存在は消えていた。無事に江戸で成長していたようだが、そんなことは、知りたくもないし、知ろうともしなかった。

ところが、善八郎が成人したちょうどその時に、浅間山が大噴火を起こした。この一帯は大きな打撃を受け、川は土砂に埋まり、田畑の実りも期待できず、そして今、大洪水に見舞われようとしている。

これが偶然と言えるのか。

詐欺を働いた幸左衛門自身でさえ、(もしや)と思えてきてしまう。

もしかしたら本当に、原口善八郎はお救い神様として生を受けたのではなかったのか、本当に、我らを救うために旅を始めたのではないのか、などと考えてしまうのである。

——あの男をお救い神様に仕立て上げたわしは、神の御手によって動かされていたのかも知れない……。

そんなはずはない、そんな馬鹿げたことは考えるな、と幸左衛門の理性は告げている。しかし、幸左衛門の感情は、そうであってほしい、否、そうであるべきなのだ、と望んでいる。

光の柱が消えた。南の天空はまた、暗い雨雲に閉ざされた。

由三は無心に祈り続けている。幸左衛門はいつまでもその場に立ち尽くしていた。

第四章　追　撃

一

越ヶ谷宿を出て三里ほど進むと次の宿場の粕壁宿（現在の表記は春日部）に入る。

原口を守る一行は、粕壁宿の茶店で一休みした。三里を歩いておおよそ一刻半（三時間）といったところか。空は相変わらずの雨模様で、小雨が降ったり、やんだりを繰り返していた。

「さぁて、これからどうする」

新三郎は一同に目を向けて訊ねた。

「『どうする』とは、どういう意味です」

原口善八郎が茶碗を片手に、間の抜けて見える顔と口調で聞き返してきた。気合の入らぬ顔つきは昨日の道中とまったく同じだ。

昨晩、命を狙われたのである。普通の神経を持った人間なら、震え上がってしまうだろうに、まったく意に介した様子がない。よほど太い肝をもっているのか、あるいは自分の置かれた窮地に気づかぬほどの大馬鹿なのか、新三郎は判断に困ってしまった。

そんな感慨はさておいて、新三郎は、今の状況について説明した。

「このまま真っ直ぐに日光街道を進めば、午後には栗橋に達しましょう」

越ヶ谷宿から栗橋までは五里（約二十キロメートル）ほどの距離だ。健康な男なら一日に十里は旅をする。いくら朝が遅かったといえども、日没前に栗橋宿に達するであろう。

日光街道は栗橋の宿で利根川に前途を阻まれる。栗橋の渡しは〝橋〟という名がついているのにもかかわらず渡し舟が使われていた。悪名高い大井川に限ったことではない。この時代の架橋技術では大河に橋を架けることができないのだ。

栗橋の渡し場は日光街道の旅人を検める関所の役目も果たしている。東海道の箱根ノ関と同様に人別改めが厳重であった。

と、それは、原口が正規の通行手形を所持した勘定奉行所の役人であり、新三郎や大黒主水はその従者という形になっているので問題はない。川役人は慇懃に舟を仕立ててくれるであろう。

ところが問題は、利根川を渡る渡し舟にあるのだ。

船頭に川を渡してもらわねばならぬのだが、当然これらの船頭たちは、古河の河岸問屋の顔役で、河川流通を牛耳る田丸屋幸左衛門の息がかかっているものと思わなければならない。

うかうかと原口を乗せれば、川の真ん中で事故を装って舟を覆されかねない。原口が溺れて死ねばそれで良し、泳ぎが達者と見れば、助けるふりをして身を寄せて、首根っこなど押さえて無理やり溺死させるであろう。

「栗橋の渡しは渡れぬのです」

新三郎は困惑顔でそう言った。しかし、原口はにこやかに微笑んでいるだけ。屈託のない様子だから、なにか良い思案でもあるのかと思ったら、そんなものはまったくないらしい。無意味に朗らかなだけである。大黒主水は「頭を使うのはわしの仕事ではない」といわんばかりの顔をしているし、新三郎としては本当に困ってしまう。

こんな時に頼りになるのは走り衆の利吉である。

期待する顔つきで利吉に目を向けると、利吉は「得たり」とばかりに口の端をひん曲げて小癪に笑った。

「お任せくだせぇ。ちゃんと備えがしてありやすぜ。とりあえず先に進みやしょう」

自信満々、先頭に立って歩きはじめた。

同じ頃、田丸屋幸左衛門は帳場に座り、台帳を前にして算盤を弾いていた。

歳のせいか、はっきりと物が見えない。これはいよいよ困ったことだ、と思ったら、はっきりと物が見えていないのは若い丁稚や下女たちも同じであるらしい。みんなで目を擦ったり、眉根をしかめて目を凝らしたりしていた。

店全体が異様に暗い。時刻は四ツ半（午前十一時ごろ）なのに、まるで夕闇に包まれたかのようだ。

幸左衛門は格子窓に目を向けた。戸外では雨がポツポツと降っていた。

と、その時、なにやら怒鳴り合う声が聞こえてきた。表門のほうが騒々しい。何者が怒声を発しているのか幸左衛門にはすぐに察しがついた。水夫や船頭たちも荒くれ者揃いだが、さすがに、田丸屋の門前では、喧嘩をしたりはしない。

「やれやれ。また千次郎親分か」

幸左衛門は腰を上げた。大切な子分衆を原口一派に返り討ちにされたことを激怒しているのに違いなかった。

原口茂十郎を始末するためとはいえ、つまらぬ男と関わりを持ってしまったものである。

上がり框（かまち）から下りて、雪駄（せった）をつっかけようとしたら、日和（ひより）下駄にするようにと小僧（丁稚）に勧められた。表の地面はぬかるんでいるそうだ。言われるがままに、揃えられた日和下駄に履き替える。泥に足を取られないように気をつけながら、急いで千次郎の許へ向かった。

門のところで千次郎と子分衆が、水夫たちと押し合いへし合いしていた。毎日毎日喧嘩ばかりしてよくも飽きないものだと思う。

千次郎と子分たちはすでに旅姿になっていた。着物の裾を尻端折（しりはしょ）りにして、紺色のパッチ（股引）を穿（は）き、手甲脚絆（きゃはん）に草鞋（わらじ）履き。雨よけの道中合羽を肩にかけ、片手に三度笠を持っている。腰には柄袋を被せた長脇差を差していた。

「お出かけですかな、千次郎親分」

幸左衛門がおもむろに声をかけると、千次郎は紅潮しきった顔を向けてきた。

「ああ、出て行きやすぜ。田丸屋の旦那、あっしはもう我慢がならねぇ。追い首の野郎どもを始末してくれねぇことには腹の虫がおさまらないんで」

越ヶ谷宿での顚末(てんまつ)を伝えるために一晩かけて走ってきたのであろう。すばしっこそうな若い子分が泥だらけでへたり込んでいる。千次郎はこの子分の口から八蔵や増田の死を知らされたのだ。

「何事が起こったのです」

越ヶ谷宿でなにが起こったのかはすでに知っているわけだが、知らん顔をして訊ねた。

千次郎は、満面をクシャクシャにさせて絶叫した。

「あっしの子分どもが、返り討ちにされちまったぁ」

芝居がかった物言いと態度で、顔面は真っ赤、今にも滂沱(ぼうだ)の涙を流しそうだ。

大仰であるが、これがこの男の素である。感情の起伏が激しくて、かつ、感情を抑えることをしらない。だからヤクザ者にしかなれなかったのだ。

「それはお気の毒に」

逆に、海千山千の商人である幸左衛門は、表の顔と腹の内とはいつでも正反対である。痛ましそうに面を伏せた。

「こうなっちまったのには、旦那にも責めはあるんですぜ！　あん時オイラを行かせてくれてりゃあ、追い首ごときに後れをとるこたぁなかったんだ」

まぁ、そういうことになるのかも知れない。幸左衛門はなんとも言えぬ顔つきで千次郎を見つめ返した。

千次郎は勢い込んで決めつけた。

「もう止めたって無駄ですぜ。ここを出て行かせてもらいやす。八蔵たちの敵討ちだ。いいな、野郎ども！」

「おうっ」と答えた子分たちが一斉に三度笠や拳を突き上げた。

いま千次郎一家に列を作って出て行かれたら、江戸の凶状持ちの、しかも役人殺しの科人を田丸屋で匿っていたことが露見してしまう。

田丸屋の使用人たちは、幸左衛門がなぜ千次郎を匿っているのか、その理由は知らなかったが、表沙汰にできないワケがあるのだろうとは察していた。堅気の商家からヤクザ者が大勢出て行くのは明らかにまずい。慌てて押しとどめようとした。

「お待ちなさい」

幸左衛門は静かな口調で告げた。

「待てといわれても待てやせんぜ。田丸屋の旦那に助けてもらった恩義を忘れたわけじゃあござんせんが、子分の敵討ちとなれば話は別だ」

「そうじゃありません。わたしが待てと言ったのは、わたしの使用人たちに対してです」

手に手に櫂や棹を持って、門を塞いでいた者たちに顔を向けた。

「親分さんには、お気の済むようにしていただきましょう」

「ですが、旦那様！」

「もう、止めても無駄です」

事はすでに、人知を超えたところに行ってしまった。そんな気がしている。千次郎が原口善八郎を殺すことができるのだとしたら、それはすなわち善八郎が、お救い神などではなかったという証拠となる。田丸屋幸左衛門としては、心のどこかで千次郎が原口善八郎を殺してくれることを望んでもいた。

しかし、と幸左衛門は思った。

おそらく原口善八郎は、千次郎一家を退けて、この地に乗り込んでくることだろう。そしてその時こそが〝裁きの時〟。この世のすべてが終わる時なのだ。

「栗橋を渡るのに、その身形(みなり)では目につきます。わたしが船を仕立てましょう」

原口善八郎たちは利根川の向こうの日光街道を旅している。原口を襲おうとするなら千次郎たちも川を渡らねばならない。

しかし、この格好で栗橋の渡し場に押しかけたら大騒動になる。

田丸屋幸左衛門としては、千次郎一家が古河から静かに出ていってくれたほうが有り難い。うっかり関所で騒動など起こされては大変に困る。

それなら田丸屋の幟(のぼり)を立てた高瀬船を使わせるべきだ。田丸屋の御用船なら川船奉行配下の役人に検められることなく向こう岸まで渡れる。

「船を出してやりなさい」

達観しきった静かな口調で水夫たちに命じると、水夫たちはしぶしぶと河岸に降りていった。

千次郎は幸左衛門に向かって低頭した。

「ありがてぇお心遣い、礼を申しやす」

子分衆も親分に倣(なら)って頭を下げた。

「いいのですよ」

「長々とご厄介(やっかい)になりながら、後ろ足で泥を引っかけるような退散、まことに面目ねぇ次第でございやす」

「なぁに。事が事だから仕方ない。腹など立ててはおりませんよ」

「そう言っていただけると助かりやす。それではこれで。御免なすって」

千次郎と子分衆は、幸左衛門に仁義を切って出ていった。

二

粕壁宿を抜けたところで日光街道は右手に大きく曲がる。川を越えるためである。

それほど大きな川ではなく、木の橋が架けられている。その橋を渡りながら、原口が得意の蘊蓄(うんちく)を垂れた。

「この川が利根川ですね」

利吉が「えっ」という顔をした。

「馬鹿言っちゃあいけやせん原口の旦那。利根川ってのは、上州を発して関宿(せきやど)から東へ、銚子に向かって流れている川のことですぜ」

その川がどうして武蔵国の真ん中にあるのか。しかも見たところ、とても細い川である。利根川は別名、坂東太郎。関八州一の大河であった。

「銚子に向かって流れているのは今の話で、昔はこの川こそが利根川だったのだ。利根川は江戸に向かって流れていたんだ」

利吉は、信じられない、という顔をした。

「まあ、信じられなくても仕方がない。東照神君家康公の御世から始まって、三代将軍家光公の御世までかかって完成した大工事だ。利吉、お前は利根川を見たことがあるかね」

「もちろんでさぁ。あんな大きな川は他に見たことがねぇ」

「そうだろう。その川が昔は江戸に向かって流れていたのだ。ちょっと大雨が降るたびに大洪水さ。お膝元の城下町がそれじゃたまらん、というので、家康公は川の流れを東へ変えさせることにしたのだ」

「へぇ！　さすがは東照神君様。偉いことをなさるもんだ」

利吉はすっかり細い流れとなったかつての利根川を橋の上から見下ろした。

「しかしねぇ、原口の旦那。そんな大工事、いってぇどれだけの人足を雇えばできるもんなんでしょうねぇ」

「それさ。家康公が入府する以前の関八州は人口も少ない荒野だった。広漠たる平野が広がっているのに、石高はたったの二百万石だったんだよ。それだけの領民しか住んでいなかったということになる。これでは、利根川の瀬替えなどできるはずがない」

「そうでしょうな」

「だから、連れてこられたんだ。関東の河川の流れを変えて沼地を埋め立て、新田を開墾するためにね」

「連れてこられた？　誰がです」

「行き場をなくした関ヶ原と大坂の浪人だよ」

原口はしばらく無言で俯いてから、ポツリと呟（つぶや）いた。

「宇喜多秀家（うきたひでいえ）公や小西行長（ゆきなが）公の御家に仕えていた、キリシタン武士たちさ」

一行は川を渡り終えた。善八郎も語り終えたと見えて、ムッツリと黙り込んでいる。

その頃。洲崎ノ千次郎は利根川の対岸に上陸して、日光街道に歩を進めていた。

千次郎と子分衆は、三度笠を目深に被り、道中合羽の衿をきつく合わせて歩んでいく。日光街道を南下して行けば、いずれは原口善八郎と出くわすものと信じていた。

新三郎と原口たちは利吉の先導で街道を外れて脇道に入った。土地の者しか通わぬ細い畦道(あぜみち)で、ここ数日の雨水を吸ってぬかるんでいた。

「どこへ行くのだ」

原口が利吉に訊ねた。

「へい。あっしらみてぇなはぐれ者たちが、栗橋の関所を避けて利根川を渡るための方策があるんでさぁ」

原口の顔色が変わった。

「それは、関所破りではないか！」

当時の法度(はっと)では、関所破りは打ち首獄門である。

「いたし方ねぇでしょう。旦那の敵(かたき)を囲っている田丸屋の目を欺くためでさぁ。まあ、任せてやっておくんなさいよ」

利吉は濡れた夏草をかき分けながらどんどん進んでいく。仕方なく原口も後に続いた。

東へ東へと一里ほど歩いたところで江戸川にぶつかった。時刻はそろそろ昼時である。

「腹が減ったな」

原口が相変わらずの呑気さを発揮した。

「こんな所に茶屋などは無いしな。こうなると分かっていたなら粕壁宿で昼食をとっておくのだった。利吉、お前も少々段取りが悪いな」

「へい、気が利かねぇもんで。あいすいやせん」

顔つきは「なにをお気楽なことを抜かしていやがる」と言わんばかりだ。口先だけは従順に利吉は謝った。謝りながら江戸川の土手を下りていった。

川岸に漁師の小屋が建っていた。杭に繋がれた小舟が雨に打たれている。

利吉は小屋に駆け寄って、入り口に垂れた筵の前で声をかけた。

「親爺さん、いなさるかえ」

小さな小屋の中で、何者かが起き上がった気配がした。

「そんな都ぶりの口を利くのは誰だんべぇ」

筵が捲りあげられて、五十歳ほどの親爺が顔を出した。額も目尻も皺だらけで、頬一面に無精髭を生やしている。その無精髭も白髪まじりだ。顔つきは貧相だが体格は逞しい。肌は赤銅色に日焼けをしていた。

「俺だよ。利吉だよ」

「ああ、お前さんか」

漁師の親爺はさらに顔を突き出して、利吉の後ろの侍三人と、小者一人を見た。

「そっちの旦那は追い首の旦那だべねぇ」

大黒主水に顔を向けて人懐こく笑った。前歯のほとんどが抜け落ちている。

「危険な稼業をなさっているのに、まだ生きていなされたかよ。いやあ、めでたいことだべ」

愛想なのか皮肉なのかはよく分からない。大黒主水も無表情に頷き返しただけだ。

「そっちの旦那は知らねぇお顔だが、お仲間かえ」

漁師小屋に一人でこもって仕事をしているせいだろうか、人恋しくてならないようで、異常に口数が多い。喋らせておけば際限なく喋っていそうだ。利吉は親爺の詮索を遮った。

「なぁ親爺さん、いつものように舟を出してもらいてぇんだ」

親爺はニヤーッと笑った。

「まぁた、危ないことをやっとるんだべか」

人懐こい顔つきが一変し、今度は計算高そうな顔をした。

「川船奉行様のお達しで、渡し舟を稼業にしてねぇ船頭は、旅人を乗せて渡すことは御法度になっとるだ」

「知ってるよ。だから、他ならぬ親爺さんを頼って来たんじゃねぇか」

「しめて五人となりゃあ、そりゃあ、高くつくだよ」

「しかたねぇなあ。いくらだい」

「百文」

新三郎は小首をひねった。思ったより安い。一分ぐらいは吹っかけられるのかと思った。やはり純朴な田舎者。そして江戸とでは貨幣の価値が異なるのだろう。それでも利吉は値切る素振りをして、どうしても親爺が負けてくれないので、

「しかたねぇなぁ」と根負けした風を装って、銭一緡(ぜにひとさし)を手渡した。

「それじゃあ頼むぜ」

「おう。任せとけ」

親爺は舟を繋ぐ綱を解いてオンボロの小舟を川岸まで押し出した。

「さぁ、お乗りくだせぇやし、旦那さんがた」

と誘われたのだが、古びて汚い投網舟で、今まで雨が降っていたので濡れてい

る。とてもではないが腰を下ろす気にはなれない。

とはいえ、舟の中で中腰になっていたら舟が覆ってしまう。五人の男たちは、刑場に引き出される囚人のような顔つきで、嫌々ながら船梁（ふなばり）に腰を下ろした。途端に、袴越しにジワーッと、冷たく濡れた感触が伝わってきた。

「……どうしてこんなことになってしまったのか」

原口が情けなさそうに呟いた。新三郎は「そこもとの敵討ちをするためではないか」と思った。

親爺の竿差しで舟が江戸川を渡っていく。さすがに貫禄の竿捌きで、増水した川を難なく乗りきって、向こう岸に着いた。

五人は親爺に礼を言って別れた。ここはもう、下総国（しもうさのくに）である。

洲崎ノ千次郎と子分たちは、栗橋宿を二里ほど南下して、幸手（さって）宿に入った。渡世人が大勢で宿場などに乗り込んだなら大きな騒動になる。千次郎は子分たちを小分けにして、何組かを先に進ませた。そのうちの一組は、原口たちの所在を摑むために南に向かって走っている。一組は幸手の宿場を仕切る博徒の家を訪れて、宿場を通過する旨の断りを入れていた。

幸手の貸元は千次郎に立ち寄ってくれるように伝言を寄越してきたのだが、のんびりと仁義を切っている暇などはない。丁寧に断って千次郎は幸手宿を通過した。

宿場を過ぎたところに地蔵堂があった。お堂の前は境内代わりの野原がある。千次郎はお堂を背にした石段に床几（しょうぎ）を据えさせ、腰を下ろした。子分たちも陣取る。千次郎はここで、原口たちの動向を探りにいった子分の報告を待つつもりであった。

しかし、その子分たちがいつまでたっても戻って来ない。

「どういうこったい」

千次郎は苛立（いらだ）たしげに貧乏ゆすりなど始める。

原口たちは越ヶ谷宿を朝方に発ったはずだ。男の足ならとっくに粕壁宿を過ぎ、次の杉戸宿に達しているはずだ。そろそろ街道で出くわしてもいいはずなのだ。

苛立ちが頂点に達した頃、ようやく、一人の子分が戻ってきた。

「あっ、親分」

その子分は地蔵堂の前に親分と兄貴分たちの姿を認めて、転がるように駆け込んできた。

千次郎は、目の前に片膝をついた若い子分を険しい目つきで睨みつけた。

「原口の野郎はどこでぃ」

子分は、満面に汗を滴らせながら、大きく開けた口を震わせた。

「そ、それが、街道筋にゃあ見当たらねえんで……」

「なんだとォ！」

いきなり激怒した千次郎が、お堂の石段を駆け降りてその子分を足蹴にした。

子分は野原に背中から転がった。先日来の雨で一面の泥である。尻から背中、そして髷まで泥だらけになった。

子分は急いで身を返すと、泥水の上で平伏した。

「は、原口の野郎どもは、どうやら街道筋から外れたらしいんで……」

「脇街道に逸れたってのかい」

「へい、親分と田丸屋の旦那を恐れたにちげぇねぇです」

「クソッ」

襲撃があることを見透かされたのか。

「とんだ行き違いだぜ」

ペッと唾を吐いて、床几に腰を据え直す。いったいこれからどうするべきか。

貧乏ゆすりを繰り返しながら腕を組んで考えた。

脇に控える腹心の代貸が口を挟んできた。

「しかし親分、考えようによっちゃあ、これは『追い首どもをやり過ごした』ってぇことにもなりやすぜ。原口たちが脇街道を使って古河に向かうその隙に、遠くに逃げることができやす」

言われてみればその通りだ。だが、その弱気な物言いが、千次郎の癇に障った。

「馬鹿野郎！　いつまでも逃げまわっていてどうする」

ヤクザというものは、いずれどこかに地盤を持たなければやっていけない。拠点を作って、賭場などの金を稼ぐ手段を構築し、そこで初めて子分たちを養うことができるのだ。裏街道を逃げ回るだけの旅鳥では尾羽打ち枯らしていくばかりなのだ。

「どうあっても返り討ちにしてくれなくちゃならねぇ。そうしてやらねぇと、落ち着かねぇ」

千次郎は「おいっ」と子分たちに声をかけた。

「原口一行を探せッ。こんな在郷にゃあ珍しい侍の三人連れだ。人目についていねぇわけがねぇんだ！」

近在の百姓たちを捕まえて総当たりで聞き込めば、どこへ進んだのかは分かるはずだ。

千次郎は子分たちを叱咤して追い散らした。子分たちは慌てて走り去って行く。その後を追うようにして、小雨が降りつけてきた。

三

新三郎と原口らはさらに東へ進んで、江戸川を渡った時と同じような手蔓で利根川も渡った。

追い首の元締めの矢倉屋は、関八州の様々な階層、場所と人々に、顔を繋いでいるようであった。追い首や走り衆の便宜をはかってくれる土地の者たちが至る所にいた。もちろん、金ずくの付き合いである。

江戸川と利根川を渡ってしまえば、もう古河とは地続きだ。陸地を歩いてさえゆけば、いかようにも古河の城下に入ることができる。

新三郎と原口たちは畦道を踏み分けて北上を続けた。

空が薄暗くなってきた。分厚い雨雲で太陽の位置は見えないが、群青色がかった雲の色から察するに、そろそろ夕刻なのであろう。

周囲は見渡す限りに田畑が広がっているばかり。所々に豪農屋敷の屋敷森が見える。欅(けやき)が大きな枝を広げていた。

時の鐘などという気の利いたものは、明け六ツ(六時)、正午の九ツ、暮れ六ツの、日に三回しか鳴らされないようだ。農村生活ならそれで十分なのであろうが、細かい時刻が分からないのは困る。

朝の出立が遅かったうえに、大きく遠回りをしたので、旅程が遅れた。それでも夜旅を強行すれば、男の足だから、今夜中に古河藩領には入れるだろう。

だが、「古河の御領地に入るのは、明日にしたほうが良いでしょうな」と、利吉が言った。

確かに敵地に入るのに、夜中というのは上手くない。地形を知悉(ちしつ)した者たちに襲撃されたら敵(かな)わない。

大黒主水が原口に目を向けた。

「ところでお主は、古河の領地に入ったら、どうする気なのだ」

大黒は滅多に口を開かない。見た目からの想像と違(たが)わぬ低い声音だ。

原口は答えた。

「古河の町奉行所に赴いて、千次郎捕縛の助力を頼む所存です」

真っ当なやり方である。

田丸屋が千次郎を守るためにできることは、道中で原口を暗殺することだけであろう。古河の政庁に乗り込まれてしまえばどうにもならない。

田丸屋を追い出された千次郎一家を、原口たちと、古河の藩士たちとで捕縛する。喧嘩に慣れた博徒の一家も大名家が本気を出したら敵わない。難なく取り押さえることができるはずだ。

「ということは、だ。千次郎の身になって考えれば、我らを襲撃する機会は今夜しかない、ということになろうな」

利吉が「へい、左様で」と大黒主水に頷いた。

「ならば今宵が勝負か」

利吉は得意気に、鼻の下を指で擦(こす)った。

「相変わらず大黒の旦那は用心深(ぶけ)ぇや。おいらたちがこんなに東に道をとってるなんて、誰も気づいちゃあいやせんぜ」

原口一行は栗橋の関所を避けたのだが、知らないうちに千次郎の襲撃を避けた恰好になっている。敵討ちが目的の原口善八郎の追跡が空振りしたことにもなるわけだが。

「おいらたちがここにいるこたぁ、誰にも知られちゃあいやせんぜ」

その時、

「そうだろうか」

と、原口善八郎が、珍しく深刻な表情で呟いた。

笠を片手でちょっと翳して、周囲の田畑を見渡している。遠くに農民の姿が見える。こんな僻地に侍の旅人は珍しいのか、執拗にこちらの様子を窺っている気配であった。

利吉が訊ねた。

「原口の旦那、なにか気になることでもあるんですかぇ」

「いや……」

原口は目深に笠を被り直した。

一行は宿を探すことにした。とは言うものの、街道から大きくはずれた農村だ。旅籠などという気の利いたものはどこにも見当たらない。わざわざ裏街道を旅するような、見ず知らずの怪しい者たちを泊めてくれる奇特な者たちもいなかった。

村の者に訊ねると、村の外れに無住の荒れ寺があるという。流れ者たちが勝手に寝泊まりをしていくそうだ。

　一行はそこに泊まることにした。

　無住の寺なら、敵襲があって斬りあいになったとしても誰にも迷惑がかからないし、誰に気兼ねすることもなく戦える。

「それにしても、驚くほどに平らかな土地だな」

　新三郎は感嘆した。見渡す限り、なんの凹凸も見られぬ地形なのである。

　寺や神社というのはだいたいが耕作に適さぬ丘陵地に建てられているものだ。そのうえ山の上から集落を見下ろすことが宗教の権威づけにもなる。しかし関東の平野では、寺も神社も、それどころか城砦まで、農村集落と同じ地平に建っている。ちょっと眺めたぐらいでは、どこに何が建っているのか見分けがつかない。

　雨がまたしても激しくなってきた。一行は笠を傾けさせながら、寺に通じる道を走った。雨に煙った風景の向こうに、ぼんやりとそれらしき杜(もり)と甍(いらか)が見えてきた。

　一行は崩れかけた山門をくぐった。傾いた瓦から雨水が激しく滴り落ちている。参道の奥に本堂が建っていた。

「こりゃ意外にしっかりしてる。雨露ぐらいは十分しのげそうですぜ」

利吉が階(きざはし)を駆け上がりながら言った。新三郎たちも軒下に逃げ込む。蓑笠(みのがさ)を外して一息つく。手拭いを出して肩など拭うが、手拭いはすぐにぐっしょりと濡れてしまった。

本堂は、流れ者たちが仮の宿に使っているという触れ込みどおりに、綺麗に片づけられていた。

縁の下には薪が転がっている。近隣の百姓の厚意——というより用心だ。燃料がなければ流れ者は、近隣の家に押し込んでくるかも知れない。流れ者に襲撃されるよりは、薪を恵んでやったほうがまだマシだ、という考えである。

「あっしは庫裏(くり)と台所を見てきやす」

利吉は奥に向かった。台所の竈(へっつい)が使えるのなら、今夜は温かい食べ物にありつけるだろう。

——それにしても難儀な旅になってしまった。

新三郎はため息をついた。チラリと恨めしげな目を原口に投げると、原口はまったく呑気な顔つきで、小者の久助から甲斐甲斐(かいがい)しく世話など受けていた。

雨が激しく降ってきた。屋根から雨水が滝のように流れ落ちている。雨もここまで激しいと耳を聾(ろう)する轟音(ごうおん)となる。外の物音は何も聞こえなくなった。

その夜。新三郎たちは川の字になって本堂の板敷きに身を横たえた。腕枕で夜具もない。着物はジットリと濡れている。健康で体力が有り余っている者にしか耐えられないであろうと、新三郎は情なく思った。

雨はいつまでも降り続いている。新三郎は浅い眠りに落ちたり、物音で目を覚ましたりを繰り返した。一時たりとも油断できない旅路であるし、そもそも熟睡できるような状態でもない。

深夜、何者かが起き出す気配がした。新三郎はたちまちのうちに覚醒した。原口家の小者、久助が外に出ていく。小便をしに行ったのだろうと思い、新三郎は再び目を閉じた。

しかし久助はなかなか戻って来ない。雨の中、どこまで小便をしに行ったのだろうか。

それからどれぐらい経ったのか、久助は足音を忍ばせて戻ってきた。

久助は原口の枕元に膝をついて、原口をそっと揺り起こしている。目を覚ました原口と二言、三言、言葉を交わした。

原口が静かに起き上がった。

――今度は原口殿か。

夜中に家の小者に起こしてもらうとは夜尿癖でもあるのだろうか、などと思ったのだが、当然、そんなくだらぬ話ではなさそうな気配だ。原口は、本堂の扉をそっと開けて、戸口のところでこちらの様子を窺った。新三郎が目を覚ましているとは気づかなかったらしく、小者ともども、足音を忍ばせて出て行った。

新三郎はむっくりと上体を起こした。すると、

「わしらに断りもなく、どこへ行くつもりであろうな」

大黒主水が熊に似た巨体を横たえたまま呟いた。やはり、油断なく目を覚ましていたらしい。

「表門に誰か、来ておるぞ」

「そのようだな」

新三郎も人の気配を感じ取っている。雨音に混じって小さな足音が聞こえた。子供、あるいは女。それから老人――そんな連中が境内に入り込んでいるようだ。殺気はまったく感じられなかった。

大黒主水は面倒くさそうに寝返りをうった。

「原口め、我らに隠し事をしておるらしい。古河に向かわねばならない理由が、

父親の敵討ちだ、などとは怪しいものだ」

　大黒は起き出す気配がない。境内の者たちに敵意は無いと見て取って横着を決め込んでいる。仕方なく、新三郎が起き上がって原口を追った。

　戸口のところで目を凝らす。崩れかけた山門の下に提灯（ちょうちん）が二丁、灯（とも）っている。老人と、若い娘の姿が見えた。そこへ、笠だけ翳した原口善八郎が歩み寄っていく。

　原口は山門へ歩を進めた。

　粗末な着物を着た長身の娘が、真っ直ぐにこちらを見据えていた。百姓の身分であるはずだが、その顔だちと表情には凜然（りんぜん）とした美しさがあった。鳶色（とびいろ）の髪を禿（かむろ）にしている。この特徴を見間違えるはずもない。

「お楽」

　原口はおもわず、娘の名を呼びかけていた。

　お楽は腰を折って挨拶した。

「我らがお救い神様」

　神々しいものを見る目つきで、原口善八郎を見上げてきた。もう一人の老人にいたっては、この土砂降りの中、一面が水たまりの地べたに土下座している。

「よしてくれ」

原口は心底から不快げに、首を横に振った。

「俺はそのような者ではない。立ってくれ」

老人は這いつくばったまま、首を必死に、横に振りたくった。梃子でも動きそうにない。仕方なく原口はお楽に視線を戻した。

「どうしてここに拙者がいると分かったのだ」

お楽は傍らの老人に視線を投げた。

「この集落の者どもが我らに報せを……。この地にもキリシタンは大勢住み暮らしておりますゆえ」

「やはり、あの者たちは俺の顔を見知っておったか」

「申すまでもなきことにございます。我らのお救い神様のご尊顔、ひと度拝せば、生涯見忘れるものではございません」

昼間、遠目にこちらを見ていた百姓たちが、原口の到来を報せるために古河近辺の隠れキリシタン集落まで走ったらしい。それでこの夜更けに、お楽がここまでやって来たというわけだ。

　徳川の公領を開墾する目的と、宗教一揆を防ぐ監視の目的で集められたキリシタンの関ヶ原浪人たちは、自分たちが開墾した土地を与えられて百姓になった。北関東の一円にキリシタン浪人をルーツとする農民たちが大勢いる。

「われらのお救い神様のご尊顔。いかに遠方からでも、けっして見誤るものではございませぬ」

　お楽の頑迷な物言いに、温厚な原口も立腹気味となった。

「俺は救い神などではないと言っているのだ」

「しかし、我らはお救い神様の御降臨を、今や遅しとお待ちしております」

　それからお楽は、周囲の光景を遠望するような仕種をした。真っ暗闇の夜で、原口の目には何も見えないが、鳶色の瞳には何かが映っているのであろうか。

「まもなくこの地は水の底に沈みまする。神の裁きが下りたもうたのです。徳川の役人や古河の領主、土井家とその家臣ども――すなわちわれらの敵の異教徒どもは、洪水の底に沈み、天主の罰を受けましょう」

　神罰かどうかは別として、確かに水沈の懸念はある。原口も大洪水の予兆を感じていた。渡良瀬川や利根川の堤防が決壊したなら、この辺り一面が湖沼のようになる。古河の侍たちだけでなく、農民たちもみんな死ぬ。

であるからこそ、お楽は原口に迫っていくのである。

「裁きの時に、我らキリシタンをお救いくださるのはお救い神たるめしあ、あなた様をおいて他にはございませぬ」

「なにを馬鹿な」

「その証拠にあなた様は、こうして御降臨なされました。一揆の用意は調って おります る。我らの先頭にお立ちになり、この国をキリシタンの楽土にしてくださいませ！」

「い、一揆だとッ」

原口は愕然とした。

「もう、そんなところまで話が進んでおるのか！」

お楽は、法悦に感極まって、潤んだ目つきで原口を見上げた。

「めしあとしてお立ちくださいませ！　我らにお導きを……！」

原口としては、呆れ返ってものも言えない。いつのまにか、知らないうちに、この自分が、キリシタン一揆の首謀者に祭り上げられている。天草四郎時貞か。

「冗談ではない」

原口は率直に言った。

自分は救い神めしあなどではない。偽りのめしあ、偽者なのだ。それは自分が一番よく知っている。

善八郎のことを救い神であるなどと吹聴し、世を惑わせたのは実父の茂十郎だ。その茂十郎は幸左衛門に暗殺された。公正に見て非は父にある。欺瞞(ぎまん)を働いた報いを受けたのだ、と善八郎は思っている。暗殺を命じたのは田丸屋幸左衛門、手を下したのは洲崎ノ千次郎だが、誰を怨(うら)むべき筋の話でもない。

「否！　むしろ、もっと早くに父が死んでおれば、こんな事態には陥らずとも済んだのだ！」

茂十郎は検見役として関八州を回っているうちに、隠れキリシタン集落が関東一円に無数に広がっている事実に気づいた。そして、救い神めしあをでっちあげれば、いくらでも彼らから金を巻き上げることができると考えた。詐欺師まがいの拝み屋のやり口を真似たのであろう。

しかし茂十郎は、キリシタンにとって、めしあがどれほど重大な存在であるかを知らなかった。知らなかったが故に、好き勝手に煽(あお)り立てた結果がこれである。茂十郎自身は田丸屋によって成敗されたが、めしあにされた善八郎は生きている。生きている限り、茂十郎が広めた嘘を信じる者たちからめしあとして崇(あが)め立てられ続けなければならない。

だからこそ善八郎は、

――キリシタンたちに、本当のことを教えてやらねばなるまい。

そう思ってこの地にやって来たのだ。

「新三郎殿たちを騙すことになってしまったが……」

父の敵を討つつもりなどない。「古河に行かねばならぬ」と言い出した善八郎を見て、お節介焼きの伯父が勝手に敵討ちだと勘違いして、用心棒として追い首を雇ってしまっただけなのだ。

洲崎ノ千次郎のほうも、善八郎は敵討ちをしにきたのだと勘違いしているので、伯父の配慮も間違いではなかった。お陰で一度は襲撃を撃退することができた。

しかし、と善八郎は考えた。

もしもあの夜、越ヶ谷宿で自分が殺されていれば、ヤクザ者に殺されるような腰抜け侍がめしあであるはずがないのであるから、キリシタンたちの誤解も解けたに違いないのだ。

「痛し痒しだなぁ」

今だって、自分がここで死ねば、キリシタン一揆を未然に防ぐことができる。

自分が生きている限り、キリシタンたちは自分をめしあとして期待し、崇め続ける。

「なんということだ」

原口はほとほと困惑した。

キリシタン一揆を起こさせてはならないが、しかし、いくらなんでも、死にたくはない。自分はそこまでの聖人ではない。私欲にまみれた凡俗なのだ。だからこそ、めしあなどではないのである。

原口はお楽に告げた。

「確かに、わたしはお前たちの許に向かう。しかしそれはお前たちを救うためではなく、真実を知らせるためだ。皆を集めておいてくれ」

お楽は、救い神の言葉の意味を計りかねていたが、救い神の言いつけは絶対だ。畏(かしこ)まって拝命して、去っていった。

原口は山門の下に立って見送った。

その様子を物陰から、新三郎が見つめている。

――原口さんはキリシタンと関わりを持っておったのか……。

関八州の河川の瀬替え工事に従事して、天領の開墾を担ったのは、関ヶ原と大坂の敗戦で浪人となったキリシタン武士たちだった。徳川幕府は、諸国の大名にキリシタン武士の召し抱えを禁ずる法度を出していたので、キリシタン武士の行き場はどこにもなかった。憎い徳川に仕えさせられ、きつい土木工事に従事することぐらいしか生きる道がなかったのであろう。

そのキリシタンたちの末裔が、今もこうして関八州で教えを守り抜いている。かれらは自分たちを救ってくれる、めしあなる者が天から遣わされると信じているようだ。

——原口が、その救い神だと思われているのか。

いったいなぜ？　原口善八郎は勘定奉行所の役人。隠れキリシタンどもにとっては不倶戴天(ふぐたいてん)の敵であるはず。

いずれにせよ困った展開である。キリシタンと関わるなど、一介の追い首、あるいは旗本屋敷の部屋住には手に余る大問題だ。江戸から逃げたヤクザ相手の敵討ちなどとは、まったく比較にもならない大騒動なのである。

——いったいどうする。

ケツを捲(ま)くって逃げてしまおうか、などとも考えたが、しかし、仕事を途中で投げ出すのもまずい。原口を守るのが今回の仕事なのだ。原口を無事に連れ帰るまで契約は終わらない。

原口は本堂に戻っていく。新三郎もこっそりと戻った。

ちなみに、キリスト教の教義では、メシアはナザレのイエスただ一人。他にメシアなど存在しないはずなのだが、日本国では長らくローマのカトリック総本山から切り離されていたために、隠れキリシタンたちがそれぞれ勝手に教えを解釈し、なんとも奇妙な土着宗教を造り上げていた。

なんと現在でも、本家のカトリックに改宗することを拒み、独自の教えを守り伝える〝隠れキリシタン〟と呼ばれる人々が存在しているのである。カトリックから見れば異端である。しかし隠れキリシタンにとっては、自分たちの先祖が迫害を受けながら守り通した教えのほうが大切なのだ。

四

同じ夜。洲崎ノ千次郎と一家の子分衆は、新三郎たちよりおよそ三里ほど南に位置する村落の寺に宿借りをしていた。

漁師や船頭たちを脅し、増水をついて江戸川を渡り、続いて利根川を渡り直したものの、大勢のことですっかり手間取っているうちに、夕闇と風雨に行く手を遮られてしまった。千次郎としては気ばかり焦るがどうにもならない。この一帯は関宿藩五万石、久世家の領地である。「博徒が大挙押しかけてきた」などと噂になって、役人が出役してきたら面倒なことになる。手荒なことはできないので、住職には辞を低くして挨拶し、本尊の前に香典まで積んで軒下を借りた。

小坊主が出てきて食事を給仕してくれたが、江戸の贅沢な暮らしになれた千次郎の口に合うものではない。元々が寺の精進料理で塩気も薄い。まして浅間山が噴火して以降、農村部の食事は貧しくなる一方だ。千次郎はますます不機嫌になった。

夜半、寺の山門に駆け込んできた者がいた。雨の中、消え入りそうな松明を笠で守って、必死に走ってきたのである。

松の枝や根には樹脂分が多く含まれていて、雨の中でも良く燃える。だから松明というのだが、さすがにこの風雨では消え入りそうになっている。

松明の接近に、山門を守っていた子分がすぐに気づいた。

「オッ、お前ぇは留吉じゃねぇか」

留吉は八蔵に率いられ、越ヶ谷宿で原口たち一行を襲った者たちの一人であった。兄貴分の八蔵は殺され、仲間たちも大勢失ったのだが、留吉を含めて四人ほどが生き延びた。

留吉はザンバラに乱れた髪から雨の滴を滴らせながら、ヘコヘコとお辞儀をした。

「こ、ここに親分はいなさるかい」

「おう。庫裏で休んでいなさるぜ。お前、どうしてここがわかった」

「渡世人が大勢で寺に泊まっているって、近隣の百姓たちが噂していやがったんだ。きっと親分だ、と思って走ってきたんだよ」

「そうかえ」

「親分に、知らせなくちゃならねぇことがあるんだよ」

留吉は庫裏へ向かって走った。

千次郎はまだ眠りに就いていなかった。生まれつき異常なまでの癇性で、むかっ腹など立てたりすると一晩中でも腹を立て続ける。この執拗で粘着質な性格があればこそ、ヤクザの頭目としてのしあがることができたのだ。

しかし子分衆としてはたまったものではない。ひとたび親分を怒らせてしまうと、けっして『許される』ということがないからだ。

庫裏の扉が開いて、夜着をまとった千次郎が現われた。留吉は大粒の雨に打たれながら、泥水の中に土下座した。

原口を仕留め損ない、八蔵や増田たちにはむざむざと死なれ、自分だけ逃げ延びてきた。渡世人の風上にも置けない卑怯な行動だ。この場でバッサリと仕置きされても不思議ではない。

千次郎になにか言われる前に留吉は、急いで手柄だけを言上した。

「親分、あっしが、原口の野郎の居場所を突き止めやした」

千次郎がギロリと目玉をひん剝いた。留吉は急いで言葉を繋いだ。

「八蔵兄ィや増田先生は、追い首の野郎どもに返り討ちにされちまいやしたが、原口と追い首どもは、残ったあっしらを恐れて東へ東へと逃げやした」

実際には留吉のほうが、おっかなびっくり、一行の後を追っただけである。

千次郎の仕置きを受けるのが嫌で、せめてもの手柄を立てようと、原口たちを追跡した。荒れ寺に宿を取るのを見定めたうえで、来た道を引き返しているうちに、千次郎一家の消息が耳に飛び込んできた、というわけであった。

千次郎は、どこまで留吉の言い分を信用したのかはわからぬが、「ようし」と大きく頷いた。

「でかしたぜ留吉。今度の不始末は大目に見てやる。その荒れ寺とやらに案内しな」

「へ、へいっ……」

「おいっ」と千次郎は、傍らの子分たちに声を放った。

「聞いてのとおりだ。夜討ちをかけるぜ。もってこいの闇夜だ」

「へいっ」と答えた子分衆が、長脇差をブッ差して、道中合羽を背負って飛び出していく。

原口たちのいる荒れ寺まではおよそ三里。こちらも疲れているが、向こうも当然に疲れている。

疲れを押して攻め寄せて行く千次郎たちと、いったん眠りに就いた原口たちとでは身体の敏捷(びんしょう)さに雲泥の差が出るのだ。筋肉はいったん休息すると、すぐには力を出すことができなくなる。その事実を千次郎は経験で知っていた。

雨中を旅して湿った身体の原口と追い首たちは、寝ている間に骨の芯まで冷えきってしまうに違いない。一方、押しかけていく千次郎たちは、相手方に着く頃には良い具合に身体が温まっているはずだ。

急遽隊列を整えた一家の者たちが、大雨の中、三度笠で雨水を撥ね散らしながら山門を出た。松明を頼りに道を進む。

しかし、千次郎一家はすぐに、にっちもさっちもいかなくなってしまった。

「な、なんだこりゃあ……」

道の全てが水の中に沈んでいる。およそ踝までの浸水だ。それでもムキになって、水をかき分けながら歩いていったのだが、十町（およそ一キロメートル）も進まぬうちに足腰がしびれてしまった。全身がまるで石のように重い。

足の裏は俗に『第二の心臓』と呼ばれるほどに血流が集まっている。冷たい水の中を無理して歩いたので、血液の温度が低下してしまったのだ。低体温症である。

このまま雨の中を進んで行けば確実に凍死する。凍死は冬だけの遭難ではない。

「くそっ……」

切歯扼腕する場面だが、歯はガチガチと震えてかみ合わず、腕にも力が入らない。

千次郎は後退を命じた。今はただ、あの寺に戻って身体を温めることしか考えられなかった。

　かくして、その夜の襲撃は回避された。

五

　夜が明けた。しかし、雨はまだ降り続いている。

　新三郎は荒れ寺の戸を押し開けた。軒下に利吉がしゃがみ込んで、空の様子を見上げていた。

　滝のような雨水が荒れ寺の軒から流れ落ちている。境内には大水が溜まっていた。まるで池だ。

「こりゃあ、ちょっとやそっとじゃあ出立できやせんぜ」

　利吉がウンザリ顔で言った。

「この分じゃあ辺り一面が沼地みてぇになってますぜ。歩けるもんじゃあござんせん」

「しかし、そうも言ってはおられぬ」

　昨日までの腑抜けっぷりはどこへやら、俄然真剣になった原口が、胸元で蓑の紐(ひも)をきつく締めながら言った。

「一刻も早く、古河に入らねばならぬのだ」

急いで古河に赴いて、キリシタン一揆を止めなければならない。それができるのは、どうやら自分だけだと気づいたのだ。

キリシタン一揆とは穏やかではない。ただの百姓一揆なら、首謀者だけを磔(はりつけ)にして、ほかの農民たちは許される。農民を全員断罪したら年貢を納めてくれる者がいなくなってしまうからだ。

しかし、キリシタン一揆は別儀であった。徳川幕府はキリシタンに対しては厳罰で臨む。島原の乱と同様に、信者の全員が撫斬り(なでぎり)にされてしまうだろう。そんなことを許してはならない。原口善八郎をめしあだと言い立てて、キリシタンたちを煽動したのは、父親の原口茂十郎なのだ。

焦る原口を利吉が宥める。

「ですがねぇ。これじゃあ一向に進めやせんよ。田んぼも野原も池みたいになってまさぁ」

昨夜千次郎一家を苦しめた出水が、さらに酷い状態になっている。

原口は少し考えてから答えた。

「池のようならかえって好都合。舟で行く」

「舟？　そりゃあ、この辺の百姓屋は、たいがい舟を持っているでしょうが、しかし、貸してもらえるあてがあるんですかい」

　この地方の旧家では水害に備えて舟を常備している。大水の際の命綱だ。家族全員が舟に乗って逃げる。他人に易々と貸せるものではない。

「心配するな。必ず差し出させる」

　俺はめしあだ、俺の命令は絶対なのだ、と原口は心の中で呟き、そして自嘲した。


　一行が山門を出ようとしたとき、昨晩の娘、お楽が飛び込んできた。原口と小者の久助は先刻承知、新三郎もこっそりと見知った顔。しかし、大黒と利吉には、彼女が何者なのかが分からない。

「誰でぃ」

　利吉が油断なく、原口とお楽との間に割って入った。娘だからといって油断はできない。

　原口が利吉の肩に手をかけた。

「よいのだ。知り人だ」

「へい、左様で」

利吉は退き、原口が前に出た。

「ここで何をいたしておるのだ。俺の言葉を伝えるために村に戻ったのではなかったのか」

お楽は泥水の地面に正座した。

「それは、杵二さんに頼みました」

昨夜一緒にいたキリシタン農民の名であろう。お楽は眦をあげて原口を見た。

「めしあ様を敵と狙うヤクザ者が、南に三里の集落に集まっております。すぐにも押し出して参りましょう。そのことをお知らせするために戻ったのです」

「洲崎ノ千次郎一家のことか」

田丸屋幸左衛門に依頼され、茂十郎を殺した男。キリシタン一揆を未然に防ぐという目的では、善八郎とは同志とも言える関係なのに、なぜか、不倶戴天の敵になっている。

……いっそのこと、討たれてやるか。

めしあが殺されれば、こんな馬鹿げた騒ぎも終わる。原口はいささか投げやりな気分になっている。

しかし、死んだら死んだで、今度は本当に神様として祀りあげられてしまいそうな気がしないでもない。死人に口なしだ。死んでから「俺はめしあなんかじゃない」と訴えることはできない。なにをさておいても、真実を伝えて誤解を解き、隠れキリシタンたちを正気に戻さねばならなかった。

原口はお楽を見つめた。

「舟はあるか。舟を用意してくれ」

原口の真意など知る由もないお楽は、いよいよめしあ様が乗り込んで参られるのだ、と思い、日本人としては大きすぎる双眸を歓喜に見開かせた。

「はい、只今ご用意いたします！」

近在のキリシタンに命じて供出させる。山門を走り出て行ったお楽は、四半時（三十分）もしないうちに舟に乗って戻ってきた。お楽自身が棹を差していた。

田んぼや道を舟で移動できるほどに水嵩が増している。

「めしあ様、お乗りください」

「うむ」

原口が乗り移る。洪水の時に一族や財産をのせて逃げる舟だけあって、かなりの大きさだ。新三郎と大黒、利吉と久助も舟に移った。利吉と久助は舳先(へさき)や舟の中程に立って、お楽と一緒に棹を操り始めた。

舟はゆるゆると進んでいく。冷たい水に浸かって歩かずとも済んだのは有り難いが、あまりにも遅い速度だ。利吉と久助は素人、お楽は女の細腕、まったく船足が進まない。

「降りて皆で舟を押したほうが早いのではないのか」

大黒が本気とも、冗談ともつかぬ言葉を呟いた。

田畑や道が水に浸かっていると言っても、この地方の判断基準に照らし合わせれば、この状態はまだ〝洪水〟と呼ばれるほどでもなかった。

舟は時々地面に乗り上げた。そうなれば本当に人が降りて、押して進まねば埒(らち)があかない。

「道の上を舟で行くってのは楽じゃねぇなぁ」

利吉が腰まで泥だらけになりながら悪態をついた。川や水路に針路を取れば船底が擦れる心配はないが、そうすると今度は激流に飲まれてしまう。この辺りから見て古河は川上にあった。増水した流れに逆らって進むのは大仕事なのだ。

災難は続くもので、雨がまた激しくなってきた。そのうえ上空を何度も稲妻が走り抜けた。

「ひゃあっ」

久助が頭を抱えてしゃがみ込む。ブルブルと身を震わせている。

「どうしたのだ」

新三郎は久助の傍に寄った。

「あ、あっしは雷様が大の苦手なんでさぁ……」

久助は棹を放り出して船底に屈み込んでしまった。船底に敷いてあった汚い筵を頭から被って出てくる気配もない。

「仕方がないな」

今度は新三郎が棹を取った。原口が不思議そうに見上げてきた。

「白光殿は棹を操れるのか」

「いいや。しかし、三里ほど南まで洲崎ノ千次郎一家が追ってきている。急いで舟を進めて、古河の城下に入らなければ……」

この荒天下でなら、誰にも見咎められずに一家が原口を殺すことができるのだ。こうなれば必死である。

素人の棹差しでも、何もしないよりはマシだろう。背筋を伸ばし、棹を握った手に力をこめようとした、その瞬間だった。

背を伸ばした新三郎の視界に、強面の男たちを乗せた舟が二艘、追いすがってくるのが見えた。

「まずい……！」

言っているそばから千次郎一家の襲来である。原口も、大黒も、利吉もお楽も、一家の接近に気づく。皆で背後を振りかえって顔色を変えた。

「急げ！　ここは足場が悪すぎる」

新三郎も大黒主水も剣の達者ではあるが、泥水の中では上手く足を捌くことができない。相手の斬撃をかわしたり、やり過ごしたりすることが難しい。となれば、数の多いほうが圧倒的な優位だ。泥に足を取られた状態で取り囲まれたらお終いである。包囲を逃れるのは難しい。

新三郎は必死で棹を押した。だが、気ばかり焦って舟は一向に進まなかった。

「いたぞ！　野郎ども、押せッ！」

舟の舳先に陣取って、貫禄ありげに両腕を組んだ千次郎が子分たちを叱咤する。

下っ端の子分たちは舟を降り、腰まで泥水に浸かりながら、親分や兄貴分を乗せた舟を押している。疲労困憊、原口一行との斬りあいになったらものの役には立たないが、元々、喧嘩の腕の立つほうではない。使い捨てにするつもりで舟を押させた。その甲斐あって舟は進み、とうとう原口たちを乗せた舟に追いつくことができたのだ。

下っ端の子分たちは、息も絶え絶えに疲れきっていたが、目標を発見して元気づき、威勢よく力を込めはじめた。「ワッセ、ワッセ」と掛け声をあげて突き進む。

この舟はもちろん、近在の農家から奪い取ったものである。千次郎一家に殺された家族の死体は川に流して捨てた。

千次郎一家の気勢は新三郎たちの耳にも届いた。

子分たちが押し出す舟とでは勝負にならない。敵の姿がどんどん大きく迫ってきた。

「舟を近くの陸につけるのだ！」

新三郎は怒鳴った。が、自分たちが今いる場所こそが実は陸地なのである。

続いてお楽が叫ぶ。

「あそこへつけろ！」

端正な顔だちなのに男勝りの大声で、荒っぽい口調だ。

新三郎はお楽が指差した方向を見た。川の堤防が見える。この一帯では堤防の上が一番の高所なのだ。

「よし！」

新三郎は必死に棹を押した。利吉も死に物狂いで棹を操り続けた。

千次郎一家の舟が迫ってきた。千次郎一家の代貸と、兄貴分たちを乗せた舟が先行している。舳先に立った兄貴分が、威勢よく三度笠を背後に投げ捨てた。狐に似た細い顔が露になる。合羽の衿を背中に大きく捲り上げ、手にペッと唾を吐いて、腰の長脇差を引き抜いた。

大黒主水が、やおら、腰を上げた。

「お前は前に行け」

船尾に立つお楽を押し退ける。

お楽は棹を抱えて舟の中程に移った。大黒主水は船尾で大の字に立ちはだかる。

腰の大刀を抜いた。刀身は三尺近く、身幅も厚くて反りの深い剛刀だ。

舟は大きく揺れている。足場としては最悪だ。大黒は柔術家のように腰を落として、重心の乱れを抑えた。

子分衆を乗せた舟がさらに迫る。舳先に立った狐顔の男は片手で長脇差を振り回している。余程に気が逸っているようだ。二、三歩後退し、勢いをつけて舟の舳先を蹴った。原口一行の舟に飛び移ろうとして身を宙に躍らせたのだ。

しかしそれは大黒主水に対して、あまりにも軽率な行動であった。

「ドワーッ」

大黒主水が気合を発した。正眼に構えた大刀を一振りする。飛んできた男の頭蓋骨を空中でグシャリと叩き潰した。

狐顔の男は水面に叩き落とされた。ドボンと水柱を立てる。船縁を摑もうと腕を伸ばしてきたが、すでに摑力はない。腕はズルズルと滑って水中に沈んだ。

ただの一撃。喧嘩では真っ先に殴り込みをかける一家の兄貴分が絶命した。

「あっ、兄貴ッ！」

「ちっくしょうッ、やりやがったな！」

舟に残った弟分たちと、舟を押す下っ端たちが一斉に激昂した。主水の業前を見たのだから少しは考えればいいのに、真っ向勝負で舟を押し出してくる。

一家の舟の舳先が原口の舟の船尾と並んだ。体当たりを仕掛ける。長脇差を抜いた子分たちが飛び移ろうと迫ってきた。

大黒主水は大刀を車輪に旋回させて、子分たちの長脇差を打ち払った。恐ろしい膂力（りょりょく）である。長脇差を払われた男がもんどり打って水に落ちた。

「畜生ッ！」

次の子分が迫る。まるっきりの工夫なしである。こんなふうに順番に一人ずつ斬りかかって行ったら、順番に一人ずつ返り討ちにされるだけだ。

「うわーっ」

案の定、大黒の一撃をまともに食らう。大きな水音を立てて水中に沈んで、それっきり浮かんではこなかった。

「手強（てごわ）いぞ！　気をつけろ！」

船上の一人が叫んだ。三人も倒されるまで気がつかないとは、そうとう間が抜けている。

一家の舟は少しだけ距離を取った。大黒の斬撃の届かぬ距離で追尾し続ける。そうこうするうち千次郎が乗った別の舟が追いついてきた。

「挟み撃ちだ！」

千次郎は叫んだ。二艘の舟で原口の舟を挟み込む。

天空はますます暗くなり、雷鳴がひっきりなしに轟く。原口の舟の舳先が、ようやく、堤防の土手に乗り上げた。

「飛び移れ！」

新三郎は叫んだ。

利吉が飛んだ。続いて原口が、震える久助を抱えあげて堤に移った。

お楽が気丈にも、棹を振り回して子分たちを追い払おうとしている。

「お前も早く！」

新三郎はお楽を突き飛ばすようにして堤防に移して、自分も船縁から飛び下りた。

大黒主水は最後尾で刀を振るっている。こちらの舟に乗り移ってきた子分を一人斬り捨ててから、身を翻して土手に移った。

堤防の土手には夏草がびっしりと繁っていた。雨に濡れて滑りやすい。新三郎は原口の尻を押して堤の頂上に急がせた。

千次郎一家の舟も堤防に乗り上げる。子分たちの舟は勢いがつきすぎて転覆し、乗っていた全員が水に投げ出されたが、泥水を掻きながら土手に取り付き、すぐに這い上がってきた。千次郎も堤に飛び移る。子分たちが後に続いた。

一家の者どもは総勢で二十名以上いる。大黒主水と新三郎の腕を以てしても、あしらい難い大人数だ。

原口はヘトヘトになりながら急な土手を這い上がった。恐怖心ばかりが募って足元が覚束（おぼつか）ない様子だ。

雷が鳴った。至近距離での落雷は『ゴロゴロ』などとは言わない。ビシャンと鳴ってズドンと落ちる。強烈な地響きが伝わってきた。

空は暗い。雷雲によって上空を完全に覆われている。

千次郎一家の者どもが土手を登って追ってきた。

「利吉、原口殿を頼んだぞ！」

新三郎は、土手の急斜面を駆け降りた。

「イイヤッ！」

追いすがってきた子分たちに突進する。勢いをつけて斬りつけた。

「ぎゃっ！」

追いかけるのに夢中で、迂闊（うかつ）にも逆襲されるとは思っていなかったのだろう。ヤクザの子分は無抵抗に斬られた。

新三郎は、斬った男の身体を足蹴にした。なんでもいいから足場にして態勢を立て直さないと、そのまま一家の真ん中に転がり込んでしまう。勢い良く蹴られた若い子分が血を噴きながらもんどり打って倒れた。背後にいた兄貴分たちを巻き込んで転落していった。

新三郎は急いで土手を這い戻った。

「畜生めッ、あのドサンピンを仕留めろ！」

千次郎が絶叫する。気をとり直した子分たちがすぐさま堤にとりついた。濡れた急な斜面を、追う者と追われる者が四つん這いとなり、ゴキブリのような姿で這っていく。

新三郎は適当な距離に敵を引き付けると、急に体を反転させて斬りかかった。逆落としの逆襲だ。坂の下の者は分が悪い。

「トウッ！」

先頭の者を刀で殴打する。刀は刃筋を真っ直ぐに斬りつけないと切れない。ちょっとでも斜めになっていると切れ味が格段に落ちる。ただの鉄の棒で殴ったのと同じ状態になるのだが、ここまで足場が悪いと正確な太刀筋がどうこうとは言っていられない。当たるを幸いに殴りつけた。

「ギャッ」

切れなくとも鉄の棒で殴られたのだからただでは済まない。殴られた男は悲鳴をあげて土手を転がり落ちる。背後にいた者たちを巻き込んだ。急斜面のうえに足元が濡れて滑る夏草だから、面白いように子分たちが転がり落ちていく。

この繰り返しで何人かを倒し、敵との距離を稼ぎながら、新三郎は堤の頂上に這い上がった。

堤の上ではすでに斬り合いが始まっていた。大黒主水を追った子分たち数名と、大黒主水ひとりが向かい合っている。

原口も刀を抜いて構えているが、こちらはまったく腰が据わっていない。刀を握る手の内もできていないようだ。足手まといにしかならないだろう。

利吉も匕首を抜いて、原口の背後を護るようにして立ち、三人ほどの子分と対峙している。原口家の小者の久助は頭を抱えて逃げ回っている。雷が怖いのか、斬り合いが怖いのかはわからない。おそらく両方だろう。

お楽はどこで拾ったのか、木の棒を気丈にも構えている。背が高くて手足が長いので様になって見えるが、しょせんは庄屋屋敷の下女だ。喧嘩馴れしたヤクザに勝てるとも思えない。

　このままでは押し包まれる。新三郎はそう判断した。さらには新三郎の背後にも、およそ半数の子分たちがいるのだ。こいつらが土手を上りきって参戦してきたら勝ち目はない。

　新三郎は原口に対した子分たちに襲いかかった。こちらには背を向けている。肩口の辺りを狙って一撃を加えた。

「ギャッ」

「ぐわっ」

　次々と斬りつけていく。

「ムッ」

　新三郎はその手応えに眉をひそめた。

　子分たちは肩に合羽を背負っている。その下には小袖を着ている。それらの布地が大量に雨水を吸っていた。水を吸った布地はゴワゴワになって固く締まる。これが実に強固で、刀の刃が通らない。

　とはいえ、肩の骨や鎖骨の砕ける手応えはあった。子分たちは倒れ、原口は窮地より救われた。

「原口殿！　こちらへ！」

原口の腕を取って引っ張る。包囲されたら負けだ。この堤の上をどこまでも真っ直ぐに逃げて、背後に敵を置き、しかも逃げながら戦い続けなければならない。子分の一団が堤の上に這い上がろうとしている。新三郎は上がってきた順に殴りつけ、蹴り倒して、原口の退路を確保した。

「さあ！　走って！」

原口がおぼつかない足取りで逃げる。その後をこけつまろびつ久助が続く。お楽も棒を振り回しながら走り、最後に利吉が油断なく従った。

大黒主水が一行を逃がすために千次郎たちの前に立ちはだかっている。新三郎は大黒の脇に割って入って、子分たちを牽制した。

「今だ！」

新三郎と大黒主水は踵(きびす)を返して走り出した。原口たちの後を追う。堤の下から子分たちが次々と這い上がってきたが、これも打ち倒して逃げた。

「どこまで逃げる」

走りながら大黒が訊ねた。

「わからない」

ここは利根川の堤だ。北に走れば必然的に古河の城下に達するはずである。古河の城下では古河の町奉行所の役人たちが目を光らせているはずで、千次郎一家も凶刃を振るうことはできない。

とはいえ、あと何里走り続ければ古河に達するのかもわからない。雨で視界は塞がり、辺り一面が墨を流したかのような灰色の景色だ。

「こらぁ待てぇ！」

口々に罵声を吐きながら、一家の子分たちが追ってくる。

「しつこいな」

ヤクザ者の恐ろしさはその執拗さにあるのだが、それにしてもしつこい。

背後からバシャバシャと足音が近づいてくる。新三郎と大黒主水は突然に足を止めて振り返った。追ってきた男たちはギョッとして踏み止まろうとしたが、勢いがついているので止まることができない。新三郎は抜刀して打ち据え、大黒主水は刀を抜くのももどかしげに、太い拳骨で殴り倒した。

慌てて一家の子分たちは足を止め、左右に広がって押し包む態勢を取ろうとする。その隙に新三郎と大黒主水は走って逃げる。

この繰り返しで追いついてきた者から順に倒した。新三郎と大黒主水の二人だけなら、なんとか逃げきれたかも知れない。

だが、中年の久助が遅れはじめた。次に原口本人が息を切らせてしまった。先行して逃げていたはずの二人が新三郎たちと肩を並べるまでに後退している。このままでは千次郎一家に追いつかれてしまう。

「仕方がない」

新三郎は一行の楯となる覚悟を固めた。ここで自分が踏み止まって、千次郎一家を斬り防いでいる間に、原口主従をできるだけ遠くへ逃がすという、捨て身の策だ。

新三郎と大黒主水は振り返って、足場を踏み固めた。土手の上にも夏草は伸びている。足元に絡みついてくる。しかも、葉の表面は水に濡れて良く滑る。

堤の右手は利根川で、今にも堤を乗り越えそうなほどに増水した流れが激しく渦を巻いている。

一家の者たちは、新三郎と大黒主水を用心深く取り囲む。いかに無鉄砲で命知らずの男たちだとて、さすがにいきなりつっかかって来たりはしなかった。

親分の千次郎が息を切らせながら追いついてきた。美食と怠惰な生活がたたって腹には肉がついている。軽捷（けいしょう）な子分たちのような走りはできない。

親分の到着を知った子分たちは、いっそう激しくいきり立った。親分の前で惨めな姿は見せられない。向こう気の強いところを見せつけねばならなかった。

「たあっ！」

子分の一人が濡れた合羽を撥ね上げながら斬りかかってきた。だが、大黒主水の一撃で打ち払われた。豪剣の一撃をまともに食らった身体が宙を舞う。勢いに乗ったまま堤の上から転がり落ちて、利根川の川面でドボーンと水音たてた。

悲鳴をあげながら流されていく。一家の者たちが目で追うが、もはや助けてやることは不可能であった。

「馬鹿野郎ッ」

千次郎が満面に血を昇らせて激昂した。

「真っ向からぶつかっていっても勝負にならねぇ！　石でも泥でもなんでもいい、投げつけるんだ。顔を狙って投げつけてやれ！」

さすがに親分だけあって頭が切れる。武士の剣術のもっとも苦手とするところを理解していた。

子分たちは足元の石や土塊を握っては、新三郎と大黒主水を目掛けて投げつけてきた。人数が多いので、まさに、雨あられという攻撃だ。

「くそっ……」

新三郎は袖で顔を覆った。こんな卑怯な攻撃を食らうのは子供時分の喧嘩の時以来である。目を開けてもいられないが、目を開けていなければ斬りつけられる。さすがの剣術も、石や泥土が相手では用をなさない。

新三郎と大黒主水が倒したはずの子分たち数名も、砕かれた肩や折れた腕をかばって追いついてきて、動かせるほうの腕を振るってさんざんに投石してくる。骨折しているはずなのに凄まじい執念だ。ヤクザ者は社会に行き場のない人々なので、親分に見捨てられたらお終いだ。それだけに必死である。それがまたヤクザ者の恐ろしさなのだ。

新三郎も大黒も、顔から胸から泥で真っ黒にされてしまった。石をぶつけられて額にいくつか瘤も作っていた。

「これはたまらぬッ、大黒殿ッ、ここは一旦後退だ」

新三郎と大黒はタジタジと後ずさりして、逃げ出した。

「追えっ」

千次郎が長脇差に反りを打たせて命令する。子分たちも勇気を鼓舞して走り出した。自分たちが優位に立っているので元気百倍である。

新三郎と大黒は必死で逃げた。いったいどれぐらいの距離、原口を逃がすことができたのだろうか、と思ったのだが、原口たちはヨロヨロと頼りない足どりで、ほんの半町ほど先を進んでいるだけであった。

「行けッ、ブッ殺せッ」

背後では千次郎が錆びた声音で怒鳴っている。

——クソッ、どうする……。

新三郎は思案を巡らせたが、良策はまったく思い浮かばない。再び踏み止まって立ちはだかっても、投石攻撃を受けて立ち往生させられる。泥の目潰しで視界が利かなくなったところで四方八方から襲いかかられ、いつかは殺されてしまうだろう。

そんなことを考えながら逃げているうちに、原口たちに追いついてしまった。

「白光殿ッ」

髷を振り乱した原口が振り返って叫んだ。

「もはやこれまででござる！　わたしはここで死にます！」

「何を言われる！」

天空を稲妻が走った。つづいて轟然と雨が降りつけてきた。

「白光殿、わたしはここで死んでも、死ななくとも、結局のところは同じなのです。ここで死んだとしても、それはそれで構わないのだ！　人々はわたしの見苦しい死に様に失望し、悪い夢から目を覚ますことでしょう！」

「あなたは何を言っているのだ」

「わたしはこれで良いのです。ただ、わたしがヤクザ者の手にかかって、惨めに殺される程度のつまらぬ人間だった、という事実を、皆の者に伝えて欲しいのです」

「馬鹿な！　原口殿を殺させはしない！　諦めるな！」

稲妻が走って、一瞬、新三郎たちの目を眩ませた。雨は滝のように降ってくる。

「なにをゴチャゴチャとやっていやがる」

千次郎が踏み出してきた。十五名ほどに人数を減らしてはいたが、それでも圧倒的多数の子分たちで取り囲んだ。

「ここまでだぜ。死にやがれッ！」

千次郎が子分どもに下知しようとしたちょうどその時、

「ウオーッ」と、時ならぬ喊声が上がった。

「あれは！」

視線を転じた原口が叫んだ。

豪雨の中、稲妻に照らされながら、謎の集団がこちらに向かって押し寄せてくる。手には竹槍や鋤(すき)、鎌などを掲げている。堤の土手に張りつき、蟻のように群がりながらよじ登ってきた。

泥まみれの顔を決然とあげ、口々に謎めいた祝詞(のりと)を唱えている。瞬(まばた)きひとつせずに見開かれたままの両目が爛々(らんらん)と輝く。そこに宿っているものは、間違いなく狂信であった。

「な、なにもんだ、こいつらは！」

さすがの千次郎一家も、タジタジと後退した。

ヤクザ者たちの目で見ても、この群衆の不気味さは際立っていた。人間としての常識も通じないのではあるまいか、などと感じさせてしまうほどなのだ。

このままでは逆包囲されてしまう。相手はたかが痩せ衰えた農民で、中には老人の姿も見える。喧嘩慣れした一家の者どもの手にかかれば、簡単に倒すことのできる相手だが、しかし、この集団はおそらく、仲間の死を目の当たりにしても臆することなく、死体を乗り越えて突き進んでくるに違いない。

一方、お楽の表情はパッと綻(ほころ)んだ。

「村のみんなだ！」

原口の袖に縋りついた。

「めしあ様の御身が危うぃと知って、助けに来てくれたのです！」

原口は呆れた。

「馬鹿馬鹿しい！　なぜ救い神が、救うべき民から救ってもらわなければならないのか。あべこべじゃあないか」

などと言い放ったものの、これで命が助かったことも事実である。キリシタン農民たちは真っ黒な流れとなって千次郎一家に向かっていく。千次郎もこれには顔色がない。

「畜生！　いったん仕切り直しだ！」

千次郎は堤の上を逃げていく。子分どもも、「百姓どもめ、覚えていろ！」などと、口だけは達者に悪罵を浴びせながら、尻をからげて逃げていった。

――どうやら、ひとまずは助かったか……。

新三郎は刀を鞘に納めた。原口は農民たちに取り囲まれている。農民たちは雨の中、両膝を地面について顔だけをあげ、両手を祈りの形に組んで、原口を熱烈に見上げていた。

潮騒のように、キリシタンの祝詞が唱えられる。熱烈な信仰心を宿した眼差しが原口一人だけを見つめていた。新三郎や大黒主水の姿など、まったく眼中にない様子であった。

原口が振り返って、新三郎を見つめた。

「これでわたしの旅は終わりです。白光殿、大黒殿、短い間でしたがお世話になりました」

その表情は、決然となにごとかの覚悟を固めたようにも見えるし、深い絶望と諦観に沈んでいるようにも見えた。

「原口殿、どうなされるおつもりか」

新三郎が訊ねると、原口は自嘲的に笑った。

「この者たちと共に行きます。この者たちに真実を伝え、わたしが救い神などではなく、ただのつまらぬ、ひとりの人間だということを知らしめなければなりません」

「行ってはいけない！」

新三郎は原口に飛び掛かってでもやめさせようと思った。……のだが、二人の間には何十人もの農民が土下座をしている。身動きできない。

「行ってはいけない。あなたは公儀の役人。一方この者たちはキリシタンではないか。キリシタンは御禁制だ。こんな者たちと関わってはいけない！」

原口はうっすらと笑った。

「わたしもキリシタンなのですよ、白光殿」

「なんですと！」

「わたしの母も、わたしの祖父も祖母も、……父だけは違いますが、キリシタンです。わたしは母の口伝えでデウス様の教えを知り、帰依することを誓ったのです」

「馬鹿な！」

新三郎は、足元の農民たちをかき分けて、原口に摑みかかろうとした。

「たとえ貴公がキリシタンであろうとも、貴公を無事に江戸に連れて帰るのが拙者の役目！　これは悪い夢なのです、原口殿！」

この世から根絶されたはずのキリシタンがわらわらと湧いてきて、奇妙な祈りを捧げている。これが本当に日本国の光景か。否、これは悪夢に相違ない。

「さぁ、夢から覚めるのです！」

新三郎が原口の袖に手を伸ばそうとした瞬間だった。

「白光！」

大黒主水の叫び声がした。

新三郎は振り返った。その目の前に農民たちの腕が無数に伸びてきた。

「うわっ！」

咄嗟(とっさ)に刀に手を伸ばしたが、すでに何人もの腕が新三郎の身体に摑みかかっている。刀を抜くこともできず、数人がかりで押し倒された。さらに、殴る蹴るの暴行を受けた。

「白光殿！」

原口の叫び声が聞こえた。

やめろ、やめるんだ、などと原口が叫んでいる。新三郎は気を失った。

第五章　利根川決壊

一

田丸屋幸左衛門は、一人、座敷に居残っていた。家の使用人たちはすでに高台を目指して避難した。あるいは隠れキリシタンであれば、祈りの集会に行ったはずだ。屋敷に残っているのは幸左衛門だけであった。

幸左衛門は仏壇の扉を開けた。架けられている仏画は観音菩薩などではなく、それに似せて描かれた聖母像であった。幸左衛門は恭しい手つきで、聖母の像を外した。

仏壇の奥には隠し扉があった。幸左衛門は懐から古い鍵を取り出した。西洋風の意匠が施された真鍮の鍵だ。

南蛮渡来の品を誰憚ることなく入手できたのは安土桃山時代から江戸時代の初期までである。この仏壇と鍵も当然、その当時から家に伝わる物だ。

隠し扉を開けて古い書物類を取り出す。田丸屋の当主が、元は宇喜多家中の武士だったことを証明する家系図や、キリシタンの教えについての大切なお伝えの書（南蛮の宣教師から口伝えに聞かされた聖書の内容などを、うろ覚えに書き残した和製聖書）などだ。

幸左衛門は雑多な記録類の中から、大きな地図だけを選り分けて畳に広げた。家康の命令で河川改修に従事させられた田丸屋の先祖が書き残した地図だ。かつての利根川が江戸湾に流れ込んでいた当時に測量された物であった。土地の高低差などが細かに書き記され、利根川の流れを銚子方向に瀬替えさせるために掘らねばならない水路や、江戸湾に流れ込む川を塞き止めるための堤防の位置などが記録されていた。

幸左衛門は虫食いだらけの図面を凝視した。

今、古河の南方を流れている利根川は、人工的に造られた新川（放水路）である。自然の流れではなく、人の力によって無理に変えられた流れだから、ちょっとした大雨が降るたびに決壊する。

渡良瀬川と利根川、二つの大河を一カ所に合流させている。このことが、まず第一に無理なのである。上野国と下野国を流れる川が古河の一カ所に集まってしまうのだ。洪水が起こって当然なのだ。昔のように渡良瀬川の水は銚子へ、利根川の水は江戸湾へ流していれば、こんな悲惨なことにはならなかったはずだ。

「このままでは、本当に〝裁きの時〟を迎えてしまう……」

和製聖書に記録された（ノアの）大洪水と同じように、この地方一帯に住む者たち全員が、洪水の底に沈んでしまうであろう。

——古河を大洪水から救う手立ては……。

めしあ様にすがってばかりはいられない。人の手で古河を破滅的水害から救う。そんな方法がどこかにあるはずだ。

幸左衛門は、先祖が残した地図をひたすらに見つめ続けた。

と、その時、

「旦那様」

忠実な手代が座敷の外から声をかけてきた。幸左衛門は顔を上げた。

「おや、お前はまだ逃げていなかったのかね」

「はい。……めしあ様が、庄屋の禄左衛門様の屋敷に入られました」

「善八郎殿が、ついにこの地に辿り着いたのか」

「はい。つきましては、旦那様にもお越しくださりますようにとの、禄左衛門様からの言伝にございます。道は歩けぬので舟を用意しております」

「うむ、わかった」

いずれ、原口善八郎とは対面、あるいは対決をしなければならない。幸左衛門は腰を上げた。

二

低い地鳴りのような轟音がひっきりなしに聞こえてくる。大きくなったり、小さくなったりを繰り返し、まるで音それ自体がうねっているかのようであった。

新三郎は目を覚ました。

――ここは……、どこだ……？

目を開けると、煤けた梁が剝き出しになった屋根裏が見えた。屋根と壁との隙間からぼんやりと外光が差し込んでいる。薄暗くて、空気は冷たく、湿気の充満した部屋であった。

重たい頭痛に悩まされながら、新三郎は上体を起こした。床の上に寝かされていたらしい。いったい何故……と、記憶をたどって、キリシタンの農民たちに襲われたことを思い出した。

──すると、ここは……。

農家の倉の中であろうか。米俵や樽がいくつか置いてある。樽の中身は味噌だろう。味噌麹の匂いが漂っていた。

両手で身体をまさぐって怪我の具合を確かめる。特に怪我などは負っていないようだ。奇跡的に、骨折もせずに済んだらしい。武芸で身につけた受け身を咄嗟に取っていたことと、相手が痩せ衰えて非力な農民たちであったからだろう。

小袖に袴の姿だ。大小の刀は奪われていた。枕元など手さぐりで探ってみるが、刀は置かれていなかった。

新三郎はようやくに立ち上がった。まだ頭がクラクラする。

地響きのような轟音は延々と聞こえてくる。新三郎は最初、これは耳鳴りなのだと思っていた。しかし、意識ははっきりとしてきたのに轟音の止む気配はない。

それどころか、木の枝の鳴る音や水の撥ねる音まで聞こえてきたのだ。

これは外から聞こえてくる音だ。新三郎は壁に寄って板壁に耳を押しつけてみた。

　壁板がガタガタと鳴っている。それほどに風が強い。これだけでは外の様子が分からないので窓を探した。壁際に棚があって、通気窓がその上にあった。梯子（はしご）を使って棚の上によじ昇って、窓の留め金を外した。

　観音開きの窓を押し開けようとするが、これが重たくてなかなか開かない。力一杯押すと、いきなり強風が吹きつけてきた。

「うわっププ……」

　大粒の雨に顔面を叩かれた。窓が重かったのは風圧が原因だったのだ。

　轟音が凄まじい勢いで耳に押し寄せてきた。

「これは……」

　新三郎は愕然（がくぜん）とした。目の前で大河が渦を巻いている。幅が十町以上あった河川敷の、堤防と堤防の間がすべて水で満たされていた。堤防の縁のギリギリまで上昇した川面で白い波が弾けている。

　新三郎は呆然（ぼうぜん）と目を見開いた。自然の脅威を見せつけられて、ただただ圧倒されている。恐怖の感情すら湧いてこない。怒濤の流れに吸いこまれそうな錯覚に身を震わせるばかりだ。

「こ、洪水か……」

否、まだ堤防は決壊していないのだから洪水ではない。しかし、堤防の上端を水が乗り越えるのも時間の問題と思われた。

「利吉は……、大黒殿は……。原口殿は……」

いったいどうなったのであろう。

不気味にうねる激流を見つめているうちに、不吉な思いが次々と胸に湧いてきた。

——とにかく、ここから逃げ出さなければ。

窓を閉めて梯子を降りる。出入り口はすぐに見つかったのだが、押しても引いてもびくともしない。外から閂を掛けられているようだ。農村で倉を持つのは分限者だ。富農が建てさせた倉の造りはしっかりとしている。むしろ、江戸の大工が作った安普請の家屋敷より頑丈である。体当たりなどかましても壁は破れそうになかった。

外から聞こえる怒濤の響きはますます激しくなっている。新三郎は焦った。このままでは洪水によって倉ごと押し流されてしまいそうだ。

と、その時、外で扉の鍵が開けられる音がした。新三郎は急いで物陰に隠れた。

キリシタンがこちらの様子を窺いに来たのであろう。逃げ出す好機である。当て身でも食らわせてやれば、相手は百姓だ。どうにでもなると思われた。

戸が開いて、何者かが戸口で屈み込んだ。

「おい、いるか。助けに来たぞ」

若い女の声である。切り禿にした髪が強風に吹かれて揺れていた。

「あっ、お前は」

新三郎は立ち上がった。お楽と目が合う。お楽はひとつ、大きく、頷いた。

「逃げるなら今のうちだ。早く出てこい」

新三郎は戸口に急いだ。罠かも知れない、などと考えている余裕はない。

「刀だ」

お楽が新三郎の大小を差し出してくる。

「すまぬ」

新三郎は受け取って腰に差した。

お楽は古びたカンジキを差し出してきた。泥田の上を歩くための履物で、忍者の装備で有名な水蜘蛛に似ている。水蜘蛛も、水面を歩くための履物ではなく、深い泥田や湿地を走破するために使う物なのだろう。

見た目は極めて歩きづらそうだ。新三郎は剣客であるから、こんなものを履いていたら斬り合いはできぬな、と考えた。

「拙者の草鞋は」

お楽は首を横に振る。

「辺りは一面の泥だ。草鞋では歩けない」

仕方なく新三郎はカンジキを履いた。藁縄の緒を足首に巻いて固定する。

新三郎がカンジキを履いたのを確かめると、問いには答えずにお楽は外に向かった。

「原口殿は？　拙者の仲間たちは」

新三郎も倉を出る。石段が下に通じていた。カンジキで石段はちょっと辛い。転ばないように注意しながら下りて、泥の上にヌチャッと着地した。

振り返って、今まで自分が閉じ込められていた建物を見上げる。

「おお、これは……」

頑丈な石垣が高く積まれ、その上に床の高い建物が建っていた。洪水の時にも水没しないようにという用心であろう。新三郎には知る由もないが、この地方では水塚と呼んでいる。堤防が決壊しても、この水塚なら押し流されることはないだろう。

つまり、水塚に閉じ込められていたほうが当座は安全なのだが、しかし、その後でどうなるかは分からない。やはり、お楽に従って逃げ出したほうが得策だ。

「見張りはどうした。お前が倒したのか」

お楽に訊ねると、お楽は首を横に振った。

「村の者は皆逃げた。この辺りには誰もおらぬ」

お楽は用水路の岸に下りた。用水と言っても川幅が三間はありそうだ。杭に繋いであった小舟に飛び乗る。新三郎も不器用に乗り移った。

「堤が切れそうだというのに、拙者を助けに来てくれたのか」

お楽は、もやい綱を解くために背を向けて屈んでいる。そのままの格好で答えた。

「村の連中はお前を見殺しにするつもりだ」

「ひどいな。そんなに憎まれるようなことをした覚えはないが」

「お前は徳川の家臣だ。キリシタンは宇喜多公や小西公の遺臣たちだからな」

「関ヶ原の怨（うら）みをまだ、忘れてはいないというのか」

新三郎が呆れたように言うと、お楽は唇を尖らせた。

「関ヶ原で勝ったから、お前ら徳川の家臣たちは、いまだに偉そうにしているのではないのか」

そう言われれば、その通りである。徳川が天下様である限り、関ヶ原浪人たちは落ち武者のままなのであろう。

「だから、拙者を殺すか」

「オレは、村の連中のやり方には賛成できない」

お楽は綱を解くと棹を握って立ち上がった。

「神は、こんなことをお許しにはならない」

突拍子もない言葉に、新三郎は面食らってしまった。

こんな小娘が自分の意見を持っていて、村の名主たちの決定に反抗している。おそらく、新三郎を水塚に閉じ込めるように命じたのは名主たちであるはずだ。お楽はそれに逆らって新三郎を助け出した。まずそれが第一に異常である。

村の暮らしは一蓮托生(いちれんたくしょう)の共同生活なので、村全体の取り決めに逆らった者は共同体から除外される。村八分だ。その恐ろしい懲罰をものともせずにお楽は新三郎を助けた。余所者一人の人命などより大切な村の掟を破ったのだ。この時代の常識に照らし合わせて考えられないことである。

次に、神が許すとか許さないとかいう概念が理解不能だ。日本人にとって神とは自然そのものである。自然は勝手に運行する。太陽や、山や、川が、人間の一人や二人を許すとか許さないとか、そんな細かい人格を持っているとは信じていない。

まして、大雨や洪水や浅間山の噴火を「神の怒りだ」などとは、この時代の日本人はほとんど誰一人として考えてはいないだろう。

この娘の言う「神」とは、そういうものとはまったく別の概念であるように思えるのだ。

――それが、キリシタンの奉じる神なのか。

自分が正しいと信じたら、正しいと信じる行いを貫徹する。なにやら異国の人間を見たような心地がした。

お楽は舟を押しはじめた。水路の中をゆっくりと舟が進む。この水路も堤防の川面より低い場所にあるはずだ。

新三郎とお楽は、舟の上で向かい合わせになっている。お楽は雨の降りしきる中、必死で舟を操っている。

髪は短く切り、着物は粗末で丈も短く仕立ててある。臑（すね）を丸出しにさせた野卑な格好だ。それでいて不思議と気品に満ちた娘である。色白で美しい顔だちをしている。どんな苦難に晒されても、どれほどの不運に見舞われても、この気高さだけはけっして損なわれることはないだろう、などと新三郎は思った。

「原口殿がどこへ行ったか知らぬか。拙者の仲間たちはどうなった」

再度訊ねると、お楽は川面の先に目を向けたまま、少し逡巡した後で答えた。

「お前の仲間たちのことなど知らん。村人に追われて逃げて行った。捕まえたとか殺したという話は聞いていないから、多分、逃げきったのであろう」

「原口殿は」

お楽は口をへの字に曲げたまま、ジロリと険しい視線を向けてきた。

「そんなことを聞いてどうする」

「俺と同様に捕まっているのなら、助けに行かねばならぬ」

「馬鹿を言うな」

お楽は吐き捨てるように言った。

「かのお人にお助けいただくのは、我らすべてだ」

またしても意味不明なことを口にする。新三郎は、少々、お楽の正気を疑った。

「お前はさっきから何を言っているのだ。拙者は原口殿を無事に江戸まで連れ帰らねばならぬ。そういう役目を負っているのだ。原口殿を助けねばならぬのだ。原口殿はどこにいるのだ。知っているのなら教えてくれ！」

雨はどんどん激しくなり、雨音が周囲に充満している。同じ舟に乗っているのに怒鳴り合うようになっている。

「どうしてお前がめしあ様を助けに行かねばならんのだ。助けていただくのはお前のほうだ」

お楽が嘲（あざけ）るような顔つきで言い放った。あるいは、なにもわからぬ幼児に教え諭（さと）すような顔つきであった。

原口といい、お楽といい、わけのわからぬことを言い過ぎである。キリシタンにとっては当たり前の常識なのかも知れないが、部外者である新三郎にはさっぱり理解できない。

「めしあ？　めしあとはなんだ」

新三郎は、風雨に負けぬ大声で怒鳴り返した。

三

原口善八郎は禄左衛門の庄屋屋敷の奥座敷にいた。雨は轟然と吹きすさび、藁葺きの屋根を叩いている。屋敷や倉などの建物は土盛りや石垣の上に造られていたが、門から庭にかけては完全に水没していた。この屋敷全体が孤島になったかのような有り様だ。

原口の前には田丸屋幸左衛門と庄屋の禄左衛門が座していた。座敷の雨戸はかたく閉ざされている。横殴りの雨がザーッ、ザーッと吹きかける音が聞こえてくる。雨戸の閉ざされた座敷は暗い。欄間から外光を取り入れてはいるが、屋外も暗い雨空だ。座敷の中は互いの表情が見て取れないほどの闇であった。

「さんたまるや」

禄左衛門が恭しく身を屈めて挨拶した。

「さんたまるや」

原口善八郎が返した。

「さんたまるや」

田丸屋幸左衛門が続けて、それから三人で唱和した。

禄左衛門は原口善八郎をめしあだと信じきっている様子だ。歓喜に身を震わせている。宗教の法悦の只中にいる。それはそうだろう。いま目の前に神様が降臨していると信じているのだ。とてものこと、まともに話の通じる状態ではない。

原口は田丸屋幸左衛門に視線を向けた。二人は黙って睨み合った。閉ざされた座敷の中で、湿った重たい空気だけが流れた。

原口は、ようやく口に開いた。

「なにゆえ、このような騒動を放置しているのですか。キリシタン一揆だなどと、正気の沙汰ではない」

めしあ降臨の噂を流したのは父の茂十郎だが、田丸屋幸左衛門はこれが詐欺であることを知っていたはずだ。なにゆえキリシタンの農民たちに真実を語り、思い止まらせようとしなかったのか。

田丸屋幸左衛門は厳しい表情で答えた。

「山焼けです」

「は……」

原口は一瞬、何を言われたのかわからなかったが、気を取り直して訊ねた。

「山焼けというと、四年前の浅間山の噴火のことですか」

「左様です。あの山焼けの日のことは、今でもはっきりと覚えております。遠くからドーン、ドーンと、低い音が轟(とどろ)いてきて、障子や襖がガタガタと揺れました。手前は外に飛び出して、天を仰ぎました。そうしたら、何が見えたと思います？」

「何が見えたというのです」

「太陽が、紫色に染まっていたのですよ。地上に目を転じれば、辺り一面、すべてが紫に染まっておりました……。川面も、田畑も、人の顔まで……」

火山灰が薄く広がって古河の上空を覆ったのである。火山灰が特定の波長の陽光を吸収したせいで光のベクトルが紫色に偏向したのであるが、江戸時代の人間にはそんな知識はない。ただただ恐れ戦(おのの)くばかりであった。

　幸左衛門は、その時の恐怖をまざまざと思い出したのであろう。顔色を青くさせて続けた。

「西の空に大きな黒雲が立ち上るのが見えました。次第に雲は大きく広がり、天を塞ぎ、ついには古河の一帯まで夜のように薄暗くなって、そして、灰が降り始めたのです……」

「浅間山の噴煙ですね。江戸にも灰は降りました」

「そうでしょう。しかし古河には江戸の倍以上も降りましたよ」

「それは大事だ」

「手前は信頼できる船頭に船を預けて上州に向かわせました。いったい何事が起こっているのか、知りたくなったのです。なにしろ上州は古河の川上にあたりますからね。そしてその使いが持って帰ってきたのは『利根川の上流から次々と土砂が流れてくる』という凶報でした。……もっとも、その報せが届いた時にはもう、この一帯の川は灰色の土砂で埋まりつつあったのですがね」

「人知を超えた災害です。どうにもならないでしょう」

「しかし、わたしたちキリシタンはそうは思わなかった。この凶事こそが先祖より伝え聞いた、〝裁きの時〟なのではないのかと考えたのです」

「馬鹿馬鹿しい！」

原口は吐き捨てた。

「浅間山の山焼けは、遥か昔から何度も何度も起こっていたことです。それこそ、デウスの教えが我が国に伝わるずっと以前から、この国に生きる者たちを苦しめてきた。どうしてデウスの天啓などであるものか！」

「この地に生きる者は、そうは思わない」

「そう思わないから、いきなりキリシタン一揆を起こすのですか。現われもせぬめしあを頼って何になります？　島原の時と同じように皆殺しにされるだけではないか！」

「もはや失うものなど何もない。それならば、神の御国を頼りといたすのは当然のこと」

　田丸屋幸左衛門は目を閉じて嘆息した。

「それでも、江戸の大公儀より救いの手が差し延べられれば、こうはならなかったのです。川底に溜まった土砂を取り除くことさえできれば、古河に限らず、内川廻しの河岸は生き返る。しかし、大公儀は何もしようとはしなかった」

　内川廻しとは、蝦夷地や奥羽の産物を運ぶ輸送船が、銚子から利根川に入って川を遡り、古河の南、関宿で江戸川に入って南下、一大消費地の江戸に向かうという、この時代の流通の大動脈のことである。

「公儀は、飢饉の手当てで精一杯だったのですよ」

「そうでしょうか。そもそも利根川は、元々は江戸に向かって流れていた。もし、今でも江戸に流れていたならば、江戸の川と掘割は灰と山焼けの土砂で埋まりましょう。そうなったら大公儀は、諸大名を動員して川を浚うに違いない」

　幸左衛門は憎しみに満ちた視線を向けてきた。

「徳川は、我々を犠牲にして、江戸の町だけを守っているのです」

「しかし、それとこれとは……。古河の領民の難儀を解決するのは、古河の領主の責任であるはず」

　幸左衛門は聞いていない。

「徳川は、江戸を水害から救うため、川の流れを東に変えさせた。その工事を担わせるため、我らキリシタンを西国より移り住ませて酷使したのです」

　血走った目で原口を見つめた。

「我らは元々、宇喜多や小西の家臣、歴とした武士！　関ヶ原の戦に破れて浪人となり、徳川のキリシタン弾圧によって信仰まで奪われた。さらには関八州の工事に駆り出され、牛馬のように働かされたのです」

「いかにも、仰る通りでしょう。しかし、先祖の苦役が実り、関八州の開墾は進み、キリシタン浪人たちは生きる糧を得た。新しく切り開かれた農地や河岸で、庄屋や、商人として生きることができたのだ」

「しかし！　我々は今また、見捨てられようとしている！　あの音が聞こえるでしょう！」

利根川と渡良瀬川に渦巻く怒濤の響きはますます高まりつつある。

「川底が浅くなったせいだ。水が堤防を乗り越えようとしている。山焼けの土砂が押し寄せてくる以前なら、この程度の嵐で川が溢れることなどありえなかった！」

遠くでメリメリと生木の裂ける音がする。堤防の上部に土留めのために植えられた木が押し流されたのだ。いよいよ決壊の時は近い。

田丸屋幸左衛門は狂気をはらんだ目で原口を見つめた。

「我らの住む町や村は、まもなく洪水に押し流されるでしょう。住いも、財産も、人命も、明日を生きるためのたつきも、何もかもが失われるのです。これを裁きの時と言わずしてなんと言いますか。江戸がどうなるのかなど知らない。しかし、我々にとってはまさにこれが、今生最期の時なのですよ」

「だから、一揆ですか」

「左様です。最後の祭です」

「そんな祭にはなんの意味もない。撫斬り(なでぎり)にされるだけです！　我々が今、救いを求めるべきは神ではなく、大公儀であるはずだ！」

「我々を弾圧し続けた、にっくき徳川にすがって生きるなど……。それは生きながら地獄の業火に焼かれるのと同じです」

原口と幸左衛門は視線で火花を散らしあった。

そこへ、庄屋の禄左衛門が、おそるおそる、割って入ってきた。

「われらのお救い神様。この地の最期の時に、あなたが戻って来られた。これを天啓と言わずしてなんと申しましょう。あなたには神より定められた使命がおありなさる。めしあとしてお立ちくだされ。我々を救い、天国(ぱらいそ)へ連れていってくだされ」

原口は呆れ果てた心地で怒鳴りつけた。

「愚かな！　神は唯一無二、至高の存在。わたしなどが神の御手であるはずがない！　あなたたちは狂っている。否、悪魔に誑(たぶら)かされているのだ！　目を覚ましなさい。どうしてわたしがめしあなどであるものか」

「あなたは生まれた時からめしあだったのです。その証(あかし)に、あなたは〝お伝えの書〟の一節を手に握られてお生まれなされた」

「愚かな！　そんな話をまだ信じていたのですか。それはすべてでっち上げです。わたしを間引きから救うためについた嘘なのですよ！」

「なんですと……！」

「わたしの母はこの地のキリシタンでしたが、父はそうではない。徳川の役人だった。キリシタンと、そうではない者との間に生まれた子は間引かれるのがキリシタンの掟。しかし、わたしを殺させたくなかった母は、産婆と謀って、生まれたばかりのわたしに〝お伝えの書〟の一節が書かれた切れ端を握らせたのです！この策略を思いついたのは、そこにいる田丸屋幸左衛門殿だ！　これがめしあ誕生の真相なのですよ。わたしはめしあなどではない！　あなた方キリシタンに間引かれそうになった、哀れな赤子だ！」

禄左衛門は、暫し呆然として言葉を失った。目を大きく見開いて、原口の顔を見つめ続けた。

それから、血相を変えて幸左衛門に詰め寄った。

「田丸屋さん、今の話は本当ですか」

幸左衛門は目をきつく閉じ、無言でなにかに耐えていたが、やがて、ゆっくりと頷いた。大きなため息をついて、真相を語りはじめた。

「本当の話ですよ、禄左衛門さん。――二十年前、わたしの娘は、この近隣の天領を検見するために訪れた御勘定奉行所の役人と恋に落ちました」

「なんと！」

「そうです。相手の男は原口茂十郎ですよ。……しかし、われらの掟では、キリシタンではない者との婚姻は許されない。まして、憎き徳川の旗本などと……」

「仰る通りです」

「しかし、わたしが気づいた時には、娘はすでに赤子を身籠もっておりました」

原口が禄左衛門に目を向けた。

「それがわたしです。わたしは生まれてすぐに、あなた方に殺される運命だったのです」

原口は幸左衛門を睨みつけた。

「これが、神の教えを奉じる者たちのなされようなのですか、お祖父様」

幸左衛門は両手で顔を覆った。

「それを言わないでおくれ。わたしも悩んだのだ。愛しい娘の生んだ子。お前はわたしの初孫。愛しくないはずがない。……わたしは生まれて初めて神を呪った。そして、犯してはならない罪を犯したのだ」

幸左衛門は滂沱の涙を流した。咽がつまって言葉にならない。

原口は、祖父の代わりに禄左衛門に言う。

「祖父は、どうにかしてわたしを間引きの掟から救おうとしたのです。そして考えついた策が、わたしをめしあに祀り上げることでした。生まれたばかりのわたしに、お伝えが書かれた布を持たせて、『これぞ奇跡だ、神の子だ』と吹聴したのです」

幸左衛門が続ける。

「奇跡の子であれば、たとえ父親が憎き徳川の役人でも、けっして殺されることはないだろう、と……。ああ、わたしは悪魔に魅入られていたのでしょう！」

原口は皮肉げに唇を歪めさせて自嘲した。

「それならわたしはめしあなどではなく、悪魔の子――ということになりますね」

庄屋の禄左衛門が絶叫した。身を引きつらせて叫び続けた。

やがて――、伸ばされていた背筋が脱力した。頭がガックリと前に折れた。

「なんということだ……。我々の、二十年にもわたる希望が……」

「これで分かったでしょう。この地にめしあなど降臨してはいないのです。よって、今は裁きの時などではない」

原口は膝立ちになって、禄左衛門の傍に寄った。禄左衛門の肩に手をかけて抱き起こした。

「さぁ！　しっかりするのです。裁きの時はまだ来ていない。つまり、この地の滅亡は今ではない、ということだ。皆を高地に逃がすのです。領地の東方に逃れれば、助かる見込みはまだある！」

緑左衛門はうろたえきった目つきで原口を見つめた。原口は力をこめて諭し続けた。

「あなたには庄屋の務めがある！　村人を救うのです！　わたしはめしあではない。悪魔の子かもしれない。しかし、それ以前にわたしは、大公儀、勘定奉行所の役人なのだ！　さぁ、わたしの命令に従いなさい！　村の者たちを救うのですよ！」

緑左衛門は身を震わせながら立ち上がった。

ようやくに、今は奇跡の瞬間などではなく、命の危険にさらされた、災害の時だと思い知ったのである。

「すぐに、すぐに逃げないと！　村の者たちを逃がさなければ！」

緑左衛門は、転がるようにして、座敷の外へ走り出ていった。

座敷には原口と幸左衛門が残された。原口は立ち上がり、自分の祖父に手を差し延べた。

「さぁ、あなたも」

幸左衛門は首を横に振った。

「わたしはデウスを裏切った。この事態を引き起こした責めを負わねばならない。それにわたしには、宇喜多武士の末裔としての誇りもあるのだ」

「孫を生かすために嘘をついたことが、そんなに恥ずべきことなのですか」

「すまぬ。許してくだされ」

「わたしはやはり、生まれて来なかったほうが良かったのですね」

原口は刀を摑むと、後も振り返らずに座敷を出ていった。

四

同じ頃、大黒主水と利吉は、一軒の豪農屋敷の下女部屋にいた。

その下女部屋は台所の天井裏にあった。下女の身分はいたって低く、天井裏に布団や筵を敷いて寝起きする。煙が昇ってくるので冬は暖かいが、煙で燻（いぶ）されているので快適とは言いかねる生活空間だ。

　ところが天井裏のお陰で水沈を免れた。今は台所も浸水している。竈（へっつい）の消炭も水の中だ。

　この家の者たちは皆、どこか別の場所に避難をしてしまった。キリシタンであるならキリシタンの集まりに顔を出しているのであろうし、そうでないのなら高台にでも逃げたのだろう。

　利吉は下女部屋の入り口に座って、ブラブラと足を揺らしていた。

「新三郎様は、いってぇ、どうなっちまったんだろうかなぁ」

　あの時、利吉と大黒主水はキリシタン農民たちを突き飛ばしながら逃げた。キリシタン農民たちが二人を追っては来なかったので助かった。キリシタンらにすれば、救い神（原口）のお傍（はべ）につきっきりで侍っていたかったのであろう。異教徒がどうなろうと知ったことではなかったのだ。

　しかし、彼らの救い神を江戸に連れ帰ろうとした新三郎だけは許しておけなかったらしく、失神した新三郎を担ぎ上げると、行列を作ってどこかへ行ってしまった。おそらく古河周辺にキリシタンの集落があるのだろうとは想像できたが、異教徒の中に突入して新三郎を奪還するのは難しい。キリシタンの集落はいわば外国のようなものなのだ。

「どうします、大黒の旦那」

利吉は振り返って訊ねた。大黒主水は下女部屋の真ん中に黙然と座っている。下女といえども年頃の娘だ。女物の紅い着物や小間物が並べてあった。そんな中にいる大黒主水の姿は、いかにもむさ苦しくて不釣り合いだ。

「どうすると言われても、この雨では身動きもできぬな」

主水はやる気のない返事をした。この家の一階は膝下までの水に浸かっているし、外は道も田畑も川のよう。低地の出水は腰の高さまで至っている。

「舟がなければどこにも行けぬ」

それは利吉もわかっている。

「しかし、だからといって、白光の旦那を見捨てるわけにもいかねぇでしょう」

追い首を補佐するのは走り衆の務めである。新三郎を放置して逃げるのは、利吉の誇りが許さない。

だからといって、なにか名案があるのか、と言えば、それは何もないのである。

「困りやしたねぇ」

「雨がやんで、水が引くのを待つしかないな」

キリシタンではない二人は、この出水は一時的なものだとしか思っていない。

この世の終わりだ、などと思い込まねばならない理由はない。

「早くやまねぇかなぁ」

利吉は首筋をボリボリと掻きながら独りごちた。


原口善八郎は川の堤に立って、眼下の流れを見つめた。

――この大水をどうにかしないことには……。

キリシタンの預言は別にしても、壊滅的な水害に見舞われることだけは確かだ。

原口善八郎は、救い主めしあなどではない。天に祈っても、地に叫んでも、雨をやませる力など持ってはいない。

背後に人の気配を感じて振り返ると、田丸屋幸左衛門の姿が見えた。

「なにを考えていらっしゃるのです」

祖父は、孫に対して丁寧な言葉づかいで語りかけた。孫とはいえども徳川の役人だからであろうか。それともまだ、心の片隅で、めしあであってくれたなら、などと思っているからなのか。

祖父と孫は堤に立った。目の前には轟々と流れる大河。

原口善八郎は答えた。

「この一帯を、洪水から救う手立てが、なにかあるはずなのです」

「何故そう言い切れましょうか」

「わかりません。ですが、なにか手があるはずだ。そうでなければおかしい」

このまま為す術もなく洪水が起こるのを待っているだけだとは思いたくない。人の力がそんなに無力であるはずがない。

幸左衛門は静かに微笑んだ。

「やはりあなたはお救い神様なのかも知れないですね。こんな時にも皆を救うことを考えている」

原口善八郎は首を横に振った。

「わたしは勘定奉行所の役人なのです。関八州の民を救うのはわたしの務めではありませんか」

幸左衛門はポカンと口を開けていたが、やがて、忍び笑いを洩らしはじめた。

「なるほど。確かに仰る通りですな」

幸左衛門は笑い続けた。

「めしあであろうとなかろうと、あなたには手前どもを救う義務がある。これはおかしい。この田丸屋幸左衛門、不覚にもそこまで考えが至りませんでしたよ」

「笑い事ではありません。この堤は、もう、一日とは持たない」

幸左衛門は笑いを収めて、深く頷いた。

「左様ですな。それならば、妙手がなくもございません」

原口は幸左衛門をまじまじと見つめ返した。

「打つ手があるというのですか。この一帯の村落を洪水から救う手立てが？」

幸左衛門は、孫の視線を真っ直ぐに受け止めると、ゆっくりと頷いた。

「ございます。川の流れを元に戻すのでございますよ」

「元に戻す？　それはどういう意味です」

「ご覧なさい」

幸左衛門は、逆巻く流れを指さした。

「この地には、渡良瀬川と利根川、二つの大河が流れ込んでおります。それ故に水が増える。二つの川を下ってきた水量がこの地で合流するのですから、それはもう、大変なことです。しかしですな」

幸左衛門は原口善八郎を見つめた。

「本来なら川は、こんなふうには流れない。この関東の平地で、二つの流れが一カ所に集まることなど、本来ありえないのですよ。それぞれ勝手に、低いところを目指して流れていく。それが自然の理(ことわり)です」

原口も頷いた。

「この地に川を束ねて、さらに銚子へと流れを変えさせたのは徳川の政策です。本当なら、この水量の半分は、古利根川を流れて越ヶ谷宿から江戸へ下っていくはず」

「左様です。それを無理に瀬替えをしたので、今、この地は洪水の危機に見舞われている」

「幸左衛門殿……よもや」

原口善八郎は祖父に鋭い視線を向けた。

「まさか、あなたは、古利根川の堤防を掘り崩して、川の流れを武蔵国へ向けさせようとお考えなのではございますまいな！」

「その通りですよ、原口様。それ以外に古河を救う手立ては——、いいえ、古河から銚子にかけての河川一帯を大洪水より救う手立てはございませぬ！」

「武蔵国は、江戸は、どうなります」

「江戸も大水に見舞われましょう。しかしさほどのことはない。武蔵野は広い！武蔵野の水田は大水を受け止めるだけの広さがございます」

原口は黄色く変色した川の流れを見つめた。

たしかに武蔵野の公領の、四百万石にもおよぶ水田地帯に水を流し込めば、この洪水はたちどころに終息する。ちなみにこの当時、一坪（畳二枚分）の水田で収穫できる米の量が一合である。一石は一合の千倍だ。さらにそれの四百万倍の広さの土地を遊水池にして、洪水の水を引き受けさせようという計画なのだ。

しかし、火山灰を含んだ土砂をかぶった水田も大きな被害を受けるだろう。

原口は悩んだ。もし大洪水が発生し、生活の場を奪われたら、キリシタンたちはその災害を〝裁きの時〟だと判断し、めしあを求めて宗教一揆を起こすに違いない。破れかぶれの暴挙だから勝算はない。関東一円のキリシタンは皆殺しにされる。

そして、徳川幕府の政体も、大きな痛手を蒙るのだ。

浅間山の噴火と、天明の大飢饉の痛手に苦しむ徳川幕府は、もしかしたら、公領のキリシタン蜂起で息の根が止まってしまうかもしれない。直轄領での宗教一揆だ。幕府の体面は大きく傷つく。

――進んでも地獄、退いても地獄か。

ならば、大勢の人の命を救う道を選ぶべきだ。原口は悲壮な覚悟で決断を下した。

「わかりました。堤防を切りましょう」

そうは言ってみたものの、原口は、茫洋とした顔つきに戻って小首を傾げた。

「しかし、どこの堤防を切れば良いものやら……」

闇雲に行動すれば、かえって被害を大きくしてしまうだろう。原口は川の向こう岸に目を向けた。利根川の堤防は公領を縦断して伸びている。大蛇のようにうねりながら何十里もの長さで築かれているのだ。どこから手をつければ良いものやら、まったく見当がつかない。

困惑しきった孫に、すかさず祖父が手を差し延べてきた。

「それならば、手前に心得がございます」

「田丸屋殿に？」

田丸屋幸左衛門は得たりと頷いた。

「元々この堤防は、我らの先祖が拵えたるもの。当時の地図には、本来の川のあった場所が記されております。川は流れ易き所を流れるもの。元の流れに水が向かうように仕向けてやれば、水は自然と、武蔵野の全域に流れていきましょう」

「うむ」

「それでは急いで赴きませぬと。川を渡らねばなりませぬ」

「この川を渡る？？」

「なぁに、手前どもの持つ、一番大きな船を使えばどうにかなりましょう」

幸左衛門は原口を連れて田丸屋に戻った。田丸屋は河岸の近くに船倉を構えていたが、そこはまだ、水没せずにすんでいた。

幸左衛門は櫓に昇って半鐘を叩いた。河岸で雇った水夫たちを召集する。

さすがに、水郷古河の荒くれ水夫たちである。田丸屋の召集に応じて、臆することなく集まってきた。

「何事ですかえ、田丸屋の旦那さん」

田丸屋はもどかしげに説明した。

「こちらは御勘定奉行所の原口様だ」

キリシタンは百姓に多く（開墾を命じられた農地の耕作を任されたため）、当然だがこの時代、キリシタンの数は少ない。河岸の水夫や船頭たちのほとんどは、キリシタンとは無関係の暮らしをしている。原口善八郎の名を聞いても、顔を見ても、何も気づかず、「へい」と頭を下げただけであった。

幸左衛門は続けた。

「原口様は御用がおありで、対岸にお渡りにならねばならない」

水夫たちは驚くやら呆れるやらの顔つきで、原口と田丸屋の顔を交互に見た。

「この大水の中をですかい」

幸左衛門は熱意を籠めて言葉を重ねた。

「原口様は、古河の洪水を未然に防ぐ秘策をお持ちなのだ。これよりその秘策を実行するために、対岸に向かわれるのだよ」

水夫たちは再度、互いに顔を見合わせた。

船を預かる船頭が、ズイッと踏み出してきた。

「そういうお話なら、手前どもも力を惜しむもんじゃあござんせん」

古河には家族や親族や、そのほか大勢の親しき人々が暮らしている。彼らの命と財産を護るためなら一命を賭けてみる価値はある。最初から命知らずの水夫たちだ。

「ようし、野郎ども！　船を引き出せ！」

「応！」

と答えて水夫たちが、船倉から巨大な高瀬船を引き出し始めた。

高瀬船は丸太の上を滑っていく。綱を握った船頭たちが威勢のよい掛け声とともに引っ張った。川面が上昇しているので、船はすぐに水面に浮かんだ。

水夫たちは高瀬船をもう一艘、引き出してきて、二艘を太い綱で繋(つな)ぎはじめた。川の流れが強くても、二艘が連なり、助け合って進めば水の抵抗にも負けない。

しかし田丸屋は首を横に振った。

「一艘で十分でしょう」

「へい」

水夫たちも自分たちの操船に自信があるのか、特に抗(あらが)いもせず、一艘だけに乗り込んだ。

河岸の親方が水夫たちを二組に分ける。一組が船に乗り、もう一組は留守番だ。留守番に回された組は、悔しいような、ホッとしたような、微妙な表情を浮かべた。

原口は、田丸屋だけに聞こえる小声で訊ねた。

「堤を切るための人足は？　必要な道具はどこにあるのです」

百年以上もかけて営々と造営されてきた大堤防だ。これを切るにはそれなりの人数が必要だろうと思われた。

ところが、幸左衛門は意味ありげな微笑で答えた。

「蟻の一穴の譬えどおりにございますよ。ほんの少し、堤を削ってやれば足りるでしょう。あとは水の重さが力となって堤を真っ二つに割ってくれるはず。我々だけで、鍬一本を持って行けば十分ですよ」

「なるほど」

堤はすでに決壊寸前なのだ。ちょっと突つけばすぐに壊れる状態だった。作るのは大変だが、壊れる時は一瞬だ。人の営みは、労多くして益は少ない。

出帆の用意が調った。

「さあ！　旦那さん方、お乗り下せえ！」

急いで乗り移らないと押し流されてしまいそうだ。原口と幸左衛門は桟橋から船に飛び移った。

五

洲崎ノ千次郎と子分たちは、利根川の堤の上を北上して古河領に入った。

冷たい雨の中、気も挫けそうな子分たちを千次郎が叱咤する。

「どうあっても原口の息の根を止めにゃあならねぇ！　このままじゃあ、一家の面目が丸潰れだ！」

あれだけの目に遭いながら、まだ諦めていない。まことに執念深い。

「へい」と答えた子分たちは疲労困憊、敗残の落ち武者のような足どりで歩き続ける。昨夜はほとんど一睡もしていないし、新三郎と大黒主水には斬られ、殴られしたうえに、百姓一揆の不気味な集団にも追いまくられた。

どうにかこうにか逃げ延びることはできたが、一息入れようにも辺りは一面の水浸しで、百姓屋敷は床上まで浸水している。竈で火を焚けないから、食事も取れず、白湯の一杯も飲むことができない。

それでも必死に歩を進めるのは侠客としての意地があるからだ。こうなったら何がなんでも原口の首を取らねばならない。さもなくばもう二度と、博徒の看板を掲げることなどできなくなる。

千次郎は重たい身体を引きずるようにして進んだ。雨で体温を奪われ続ける。歩きながら、フッと意識が遠のく瞬間すらあった。

「親分、あれをご覧なせぇ！」

子分の一人が耳元で叫んだ。千次郎はたちまち意識を取り戻した。

「なんだありゃあ……。船か？」

最初は幻覚でも見ているのかと思った。この雨の中、一面灰色の光景の中に突然、真っ白な帆が揚がったのだ。

子分たちも呆然と口を開けている。どうやら夢でも幻でもない。増水をついて船を出した者がいるのである。

「えらい度胸の持ち主があったもんだなぁ」

千次郎も侠客であるから男度胸が看板である。同じ男として、度胸のある者に対しては素直に感心してしまう。

「いってぇ、どんな野郎が船を出したんだろうな」

目を凝らして遠望する。と、その目つきが急に険しくなり、唇が激しくわななないた。

「や、野郎は……！」

舳先近くに原口善八郎が立っていたのだ。原口は雨除けの笠を傾けていたが、見間違うはずがない。

子分たちも原口の姿に気づいて喚きはじめた。

千次郎は子分たちの尻を蹴飛ばしたり肩を小突いたりして激昂した。

「ち、畜生ッ！　逃がすなッ！　追えッ」

　と叫んでも相手は船の上。いくら命知らずの男たちでも、増水した川面に飛び込む勇気はない。そんなものは勇気でも男伊達でもない。ただの単なる自殺である。

　船上の原口は、風雨と川の怒濤で耳が塞がれているのか、こちらに気づく様子もなかった。

　千次郎一家は土手に沿って走った。その間にも、強風を帆に受けた高瀬船は、凄まじい速力を発揮して向こう岸に渡ってしまった。

「畜生ッ」

　千次郎は地団駄を踏み、歯を嚙み鳴らして悔しがった。あと少しのところで取り逃がしてしまった。千次郎一家では、この川を渡ることができない。増水した川に渡し舟などの小舟で乗り出せば、ものの一間も進まぬうちに覆ってしまうだろう。

「くっそう……」

　どうにかしなければ、と思った瞬間に閃（ひらめ）いた。

「田丸屋の旦那だ！」

幸左衛門に頼めば船を出してもらえる。今、原口の高瀬船は川を渡ったのだ。幸左衛門の持ち船だって、同じことができるはずだ。

まさか、その田丸屋の船で原口が川を渡ったとは思わない。原口善八郎の父、茂十郎を殺すように依頼したのは田丸屋幸左衛門なのだから当然だ。

「野郎ども！　田丸屋に急ぐぜ！」

この疲れきった身体のどこにそれだけの余力が残されていたのか、怒りにかられた千次郎と一家の者どもは、古河の河岸に向かって走り出した。

田丸屋の高瀬船は激流に煽(あお)られながらも、巧みな操船で向こう岸に辿り着いた。

幸左衛門と原口は揺れる垣立(かきだつ)（船縁にある囲い）から岸に飛び下りた。どうやら栗橋宿の河岸であるようだ。古河からだと半里ほど下流に流されていた。

「旦那さん、あっしたちはどうします」

強風の中で船頭が叫んだ。幸左衛門は叫び返した。

「栗橋の河岸に揚げてもらいなさい！」

田丸屋の幟(のぼり)を見せれば利根川では、どこの河岸でも船を護ってくれる。

「田丸屋殿、急ぎませんと」

原口が促す。幸左衛門は合羽の衿を掻き合わせて頷いた。懐には、先祖が残してくれた地図が納められている。

「いずこの堤を切れば良いのです」

「会ノ川です」

幸左衛門は答えた。

「利根川の瀬替えは、会ノ川を閉め切ることより始まりました。ですから、会ノ川の堤を切ってやれば水は昔のように武蔵国へ流れるはずです」

「……元の河川敷だった場所に家を建てて住んでいる者もいそうだが」

古河を洪水から防ぐ代わりに、会ノ川の旧河川敷一帯に洪水を起こしてしまうのである。

「それらの者たちも出水を恐れて避難しておりますよ」

「それは、そうだろうけれどなぁ……」

「なあに、水の半分は新川（現・利根川）を銚子に流れていくのです。大洪水になることはありませぬ」

「だと良いが」

いずれにしても、ここでウジウジと逡巡していても始まらない。原口と幸左衛門は、会ノ川の堤防を目指して歩きはじめた。

六

お楽の操る小舟は新三郎を乗せ、禄左衛門の庄屋屋敷へと進んで行く。

「あの屋敷に原口殿がいるのか」

「そのはずだ」

庄屋屋敷へ通じる道はまるで川岸のようになっていた。坂の下が川で、上が屋敷だ。お楽は棹を強く押して、舟の舳先を坂道に乗り上げさせた。新三郎は勢い込んで飛び下りるとカンジキを鳴らしながら走り出した。お楽は棹を泥に差し、杭の代わりにしてもやい綱を縛りつけてから、後に続いた。

庄屋屋敷は玄関の戸も、縁側の雨戸も、すべて外から釘で打たれていた。新三郎は台所のトボ口に飛び込んだ。

しかし、内部に人の気配はない。

「原口殿！」

呼んでも誰の返事もない。家の者が出てくる気配はなかった。

お楽も飛び込んでくる。

「めしあ様はいたか」

「誰もおらぬ」

お楽は目を閉じて、顔を天に向けた。

「御父なるデウスの御許に向かわれたのかも知れない」

「まだ、そんなことを言っているのか」

新三郎は呆れた。

と、集落の下のほうから、騒々しい叫び声が聞こえてきた。

「あれはなんの騒ぎだ」

キリシタンの一揆がついに始まったのか、と思ったのだが、お楽にも心当たりがない様子で、不思議そうに首を傾げている。そして言った。

「田丸屋様のお屋敷の辺りから聞こえてくるようだな」

「田丸屋か」

「うむ。騒いでいるのは水夫たちのようだ」

「ここで当て推量していても仕方がない。行ってみよう」

新三郎は庄屋屋敷を飛び出した。

再び舟に乗る。お楽が棹を押した。

しばらく進むと、怒鳴り声はより一層激しく、明瞭に聞こえてきた。騒動に近づいているから、だけの理由ではなさそうだ。

「おい、雨足が弱くなってきたぞ」

雨粒が地面や水面を叩く音が小さくなっているのだ。だから物音がよく聞こえるのである。

見上げれば、真っ黒に空を覆っていた雨雲がわずかに切れ目を覗かせていた。空全体も明るくなっていた。

「雨が止むぞ！」

新三郎は笑顔で振り返った。しかしお楽は、案に相違して、暗い顔つきをしている。

「どうした、嬉しくないのか。これで洪水から救われたのだぞ」

お楽は棹を差しながら、「江戸者は何もわかっておらぬのだな」と呟いた。

「なにがだ」

新三郎が不服そうな顔をすると、お楽はブツブツと呟くような口調で教えてくれた。

「雨が止んだからといって、すぐに水が引くわけではない。逆だ。今まで降っていた雨水が、これからどんどんと小川や用水を伝って大河に流れ込んでくるのだ。雨が止んでも一日や二日は、水嵩が増し続ける」

言われてみれば道理である。雨が止むのが遅すぎた、ということか。

もはや、川が堤から溢れ出るのは時間の問題で、洪水の発生は決定されているようなものである。さながら、刑場に引かれ、首が落とされる瞬間を待つ科人のような気分であった。

それでもお楽は舟を押し続ける。騒ぎがさらに近づいた。

「待て！」

新三郎は声をひそめて、お楽に舟を止めるように命じた。舟の上で身を低く屈める。

「あれは、洲崎ノ千次郎一家だぞ」

お楽もそっと棹を横たえた。水音を立てぬように注意しながら、近くの土手に舟を着けた。

二人は舟を降りると、草むらに身を潜めながら田丸屋の河岸が見渡せる場所に移動した。

河岸では千次郎一家と水夫たちが、「船を出せ」だの「出さない」だのと、喧々囂々、怒鳴り合っていた。

「原口の野郎が向こう岸に渡っちまったんだ！　放ってはおけねぇ！」

千次郎は激昂して詰め寄った。次に水夫たちから事情を聞かされて愕然とした。

「なんだとッ。原口の野郎を向こう岸に渡したのは、田丸屋の旦那だってのか」

「おうよ。原口様は御勘定奉行所のお役人様だ。古河を水害から救うために、江戸より下って参られたのだと仰ってたぞ」

「馬鹿な！」

千次郎の頭は俄に混乱した。

原口善八郎の父親の暗殺を命じたのは田丸屋幸左衛門だ。つまり、幸左衛門こそが原口の敵ではないか。

千次郎は、はたと気付いた。

――そうか。田丸屋の旦那は、善八郎をどこかに連れ出して、こっそりと殺すつもりなんだな……。

だとしたら、千次郎の助力を必要としているはずだ。商人が一人で侍を殺すのは難しい。

「そういうことならなにがなんでも行かなきゃならねぇ！　田丸屋の旦那のためだ」

「どういうことだね、親分さん」

「バッカヤロウ！　あの原口ってぇ侍は、田丸屋の旦那を敵と狙っていやがるんだ！　手前ェ（てめ）らも田丸屋の旦那が大切なら、とっととこの俺を、向こう岸に渡しやがれ！」

水夫たちは顔を見合わせた。このヤクザ者が奥座敷に匿（かくま）われた大事な客だということは知っていた。

「オラたちには事情がよくわからねぇが、田丸屋の旦那のためだというのなら手を貸すだよ」

幸い、二艘繋ぎにするはずだった残りの一艘と、その水夫たちが残っている。水夫たちは互いに顔を見合わせて、頷いた。

「それなら、行ってみべぇか？」

「そうするべぃ」

ということになって、二艘目の高瀬船が河岸に下ろされた。

「どうやら原口殿は、田丸屋と一緒に向こう岸に渡ったらしいな」

お楽は激しく動揺した。

「何故だ！　我らをお見捨てになったのか！」

川を渡ったぐらいで大げさな困惑ぶりだが、この時代は藩の境を越えたらそこは〝別の国〟である。キリシタンとしては、救い神に見捨てられたような気分になっても不思議ではない。

新三郎はカンジキを脱ぎ捨てた。

「何故かはわからぬが、拙者も向こう岸に渡らねばならぬことになったようだ。原口殿を追わねば」

「オレも行くぞ」

この時代、関東の女の一人称はオレである。別段お楽だけ口が悪いわけではないのだが、お楽は男勝りに飛び出そうとした。

「まぁ待て。ここは拙者に任せてじっとしていろ」

新三郎はお楽を草むらに隠れさせると、一人で田丸屋のほうへ身を低くして進んで行った。

船倉の裏手で千次郎一家の子分が二人、やる気のなさそうに見張りをしている。

昨夜からの無茶な行動で疲労は極限に達している。

新三郎は彼らの背後に、足音をひそめて忍び寄った。

「おい」

と声をかけて、振り返った瞬間、鳩尾に刀の柄頭を叩き込む。子分二人は「ウッ」と一声、呻いただけで気を失った。

「よし、いいぞ」

手招きしてお楽を呼び寄せた。失神させた子分二人から道中合羽と三度笠を奪い取った。

新三郎は自分とお楽の顔を泥で汚した。合羽を羽織り、三度笠を目深に被って面相を隠す。

「これでいい」

さらに好都合なことに、ちょうど船を出す用意が調ったらしい。

「行くぞ。声は出すなよ」

南蛮人の血を引いているらしいお楽は、女としては背丈がある。合羽で女らしい体格を隠し、三度笠を被れば、博徒たちと見た目はほとんど変わりがなかった。

新三郎とお楽は、一家の子分たちの後ろについて高瀬船に乗り込んだ。露顕しないように距離を取って、船首のほうで身を屈めた。

船頭たちが身縄を引いた。帆柱の先端の蝉車が回って白い帆が掲げられた。

強風を一杯に孕んで、高瀬船が桟橋を離れた。

「これで向こう岸まで行けるぞ」

新三郎が囁くと、お楽は、真っ黒な顔で頷いた。

高瀬船は凄まじい勢いで川を渡っていく。横から川の流れを受けて、甲板は大きく斜めに傾いでいた。荷を積んでいない空船だから、どうにか転覆しないで済んでいる。

船に慣れない千次郎一家の者どもは、威勢の良い口ぶりとは裏腹に、情けない醜態を見せている。あっちに転がり、こっちに倒され、恐怖に身震いしている者もいた。

その大混乱のおかげで新三郎とお楽は、一家の者どもに見咎められずに済んだ。

「畜生ッ、なんてぇ乗り心地だい……」

気の強さが身上の千次郎でさえ、顔面を蒼白にさせている。

船の舳先が大波に乗り上げた。船上のあらゆるものが船尾のほうへ転がっていく。続いて船首がガクンと下がる。合羽を背負った子分たちが船首に向かって転がってきた。

お楽と新三郎は船縁（ふなべり）に摑まって屈んでいる。その足元にゴロンと、仰向けに子分の一人が倒れた。

子分と、新三郎、お楽の目が合った。

「あっ……？」

子分が目を見開いた。

「手前（てめ）ェは！」

慌てて立ち上がろうとして、またも荒波に煽られて踏鞴（たたら）を踏む。その隙に新三郎は、子分を思いきり蹴り飛ばした。子分は帆柱に背中を打ちつけて失神した。

「なんだぇ！」

騒動に気づいた千次郎が叫ぶ。こちらに鋭く目を向けて「ハッ」と顔色を変えた。

「手前ェは、追い首！」

子分たちも新三郎とお楽に気づいた。

「どうして野郎がここに！」

「畜生め！　どこまでもしつけぇ野郎だ！」

しつこいのは自分たちのほうだろうに、そんな悪罵を垂れている。

「仕方がない」

新三郎は抜刀した。刀をギラギラと見せつけて、一家の者どもを威嚇した。

しかし、これで臆するような男たちではない。長脇差を抜いて斬りかかってきた。はずなのだが、右に左に、前に後ろに、大きく揺れて激しく傾く船の上では一歩前へ踏み出すことすら困難だ。あっちに煽られて尻餅をつき、次はこっちに転がされ、抜き身の刀を握ったまま大変なことになっている。

一方の新三郎は、さすがに片山伯耆流居合術で鍛えただけのことはある。居合はまず、足腰の重心を固めることから稽古が始まる。この揺れ具合には難儀させられたが、無様に転がることはなかった。

お楽も船には慣れている。身軽に跳ねて、自分に向かって襲いかかってきた子分を避けた。

「畜生ッ、なにをモタモタやっていやがる！」

手下の醜態に激怒する千次郎だが、親分自身もまともに立っていられない。

「このままじゃあ埒が明かねぇッ。船を岸につけろ！　早くしろッ」

船頭を怒鳴りつける。言われるまでもなく水夫たちは必死の操船で船を岸辺に近づけさせた。

いきなり白刃を何本もギラつかせながらの斬り合いが始まったのだ。水夫たち自身、急いで岸に逃げ出したい。

高瀬船が河岸にズドンと着いた。頑丈な船だからこの衝突にも耐えられたが、逆に、桟橋のほうが破壊された。

「行くぞ！」

新三郎はお楽の手を取った。垣立(かきたつ)を乗り越えて岸に飛ぶ。

喫水の浅い高瀬船だから飛び下りることができたが、それでも二階屋から飛んだぐらいの高さはある。二人は土手の草むらに転がった。

「走るぞ！」

新三郎は河岸の土手を駆け上がった。千次郎一家の者どもも次々と河岸に飛び下りてきた。

「ここは俺が斬り防ぐ！　お前は先に行け！」

お楽の背中を押すと、お楽は唇を尖らせて振り返った。

「行くって、どこへ」

「むむ……」

そう言われれば、原口たちがどこへ向かったのかが分からない。

「どこでもいい！　とにかく逃げろ！」

子分たちが迫ってきた。新三郎は刀を一閃させた。先頭を走っていた子分の刀が根元からポッキリと折れる。子分は驚愕しきって足を止めた。顔つきが恐怖に引きつっている。

それでも子分たちは次々と迫ってきた。

その時、「えいっ」と、お楽が投網を投げた。岸辺のどこにあったのか。子分たちの頭に網がかぶさった。

子分たちは必死に網を振り払おうとしたが、それぞれが勝手に引っ張りあうので収拾がつかない。

合羽を脱ぎ捨てたお楽は身軽な足どりで堤の上を走っていく。新三郎も後を追った。

お楽が走りながら新三郎に訊ねた。

「めしあ様の行く先を、どうやって確かめれば良いのだろう」

新三郎は、ちょっと考えてから答えた。

「街道の問屋場だ。どこへ行こうとしているのかは知らぬが、田丸屋は老体だ。馬か、駕籠を雇ったであろう。田丸屋に馬や駕籠を貸した問屋場に聞けば、行き先はわかる」

「なるほど」と、お楽は、少しだけ新三郎を見直したような顔つきとなった。

七

新三郎の予見したとおりに、原口と田丸屋は問屋場で駕籠を雇った。

洪水の危機が迫っていることは明白だったが、川のこちら側は、古河の側ほどには、緊迫した情勢ではなかった。こちらにはキリシタンの集落がない。終末思想など誰も信じていない。公儀の問屋場も機能していて、原口善八郎は幸左衛門のために駕籠を借りることができた。

しかし、道はぬかるんでいたり、膝下まで浸水したりしている。屈強な駕籠かきたちでも容易には進まない。とはいえ田丸屋の老体では、この悪路はまったく歩けなかったであろうから、進んでいるだけまだマシだと考えるべきであろう。

雨は小降りになっている。空がだいぶ明るくなってきた。

それでも平地に降った雨水は激しく利根川に流れ込んでいる。今日の夜から明日にかけてが決壊の危機だ。

まるまる半日を費やして、原口と幸左衛門は、ようやく、会ノ川の堤防に辿り着いた。時刻はすでに夕刻だ。

「この辺りは阿部様の御領地にございますよ」

忍藩十万石の東端あたりであるらしい。

「古河の土井様を救うため、忍の阿部様の御領地を水浸しにするのか……」

どちらも譜代の名門である。

原口は思い直した。自分が救おうとしているのは土井家ではなく、多くのキリシタンと、徳川幕府の体制なのだ。阿部家とその領民には、この苦役を引き受けてもらわねばならない。

原口と幸左衛門は駕籠かきたちを帰すと、近くの農家の納屋から鍬を借りた。その農家も避難をして無人である。

原口は袴を大きく捲り上げ、股立を高く取ると、力一杯に鍬を振るった。堤防の土手を崩しはじめる。

堤防の頂に達しそうになっていた大水は、原口が掘った溝に向かって流れ込んできた。すると今度は水の流れが土を削り、土砂を運び去っていく。思った以上に仕事がはかどった。

「もう少しだ」

細い水路が堤防の反対側に抜ければ、あとはもう、水の力が土を削り、土手を割るはずだ。それによって古河や銚子方向に流れる水量が半分になる。この地は水害に見舞われるが、利根川の全流域を壊滅させる大災害は回避されるのだ。

原口善八郎の姿を見て、幸左衛門は、「やはり……」と頷いた。

原口は額の汗を袖で拭いながら訊ねた。

「なにが『やはり』なのですか」

幸左衛門は感に堪えない様子で頷いた。

「やはりあなた様はめしあ様。デウスが我らのために遣わしてくだされた御方なのです」

原口は不愉快そうに口を閉ざして鍬を打ち下ろした。

確かに、結果として、古河周辺のキリシタンを救うために働いている。しかしそれは、父、茂十郎の不始末の尻拭いをするため、そして徳川の政体を救うためだ。

そう言うと、幸左衛門は首を横に振った。

「いいえ。あなたは民人を救うために生まれてきたのですよ。すべてはデウスの定めたもうたことなのです」

「何を言っているのです。わたしを救い神に仕立て上げたのはあなたではないですか。それも『神の命令だった』とでも言うつもりですか。祖父として、孫の命を救うためだったのでは断じてない、と言うつもりなのですか」

幸左衛門は、虚を突かれた顔をした。暫し黙考してから訊ねてきた。

「これは、お救い神様にでも、御勘定奉行所のお役人様にでもなく、わしが孫である善八郎殿に訊ねるのですが……」

「なんなりと」

「わしを、恨んでおるか」

「まさか」

原口善八郎は朗らかに笑った。

「あなたのお陰でこうして生きているのですよ」

と、その時、「うおーい」と間の抜けた声をあげ、こちらに走ってくる者たちがいた。

原口善八郎は顔を上げた。堤の上を駆けてくる武士と娘の姿が見えた。

「ああ、白光殿とお楽か」

お楽は原口の姿を認めると、泣き崩れそうな顔つきで走り寄ってきた。

「めしあ様！　このような所で何をなさっておいでですか！　どうか、我らの村にお戻りください！」

原口の前で跪（ひざまず）き、袴に取りすがって懇願する。原口は困り顔をした。

田丸屋幸左衛門が、代わりに答えた。

「原口様は大洪水から我らの町を救ってくださろうとしているのだ。邪魔をしてはいけない」

お楽はハッとして飛びのいた。原口善八郎は、疲労した顔に力なく笑みを浮かべると、再び、黙々と鍬を振るい始めた。

新三郎には何がなにやらさっぱり理解できない。どうして原口は、こんなところで無心に鍬を振るっているのか。

そこへ、「いやがったぞ！　やっちまえ！」と絶叫しながら走ってくる十人ばかりの侠客たちがいた。

「千次郎か！」

新三郎は腰の刀に反りを打たせた。

「……しまった。俺たちが尾けられた。背後には十分に気をつけていたつもりだったのだが」

一家の人数はだいぶ減っている。さすがの千次郎一家も、二昼夜にわたる追跡行には体力がついて来なかったのだろう。

「あいつらは俺が防ぐ！　原口殿は——ムム、何をやっているのか分からぬが、存分におやりなされ」

新三郎は一家に向かって走り出した。

原口はかすれた声で答える。

「かたじけない」

雲が割れて陽が差してきた。陽は西に傾き、陽光に照らされた雨粒は黄金色に輝いている。原口は頬を雨に打たせながら、鍬を打ち下ろし、土をかき起こした。傍らでは田丸屋幸左衛門と、地べたに跪き、両手を祈りの形に組んだお楽が見守っている。

新三郎は突進した。千次郎一家も決死の形相で突っ込んでくる。誰も彼も、顔中、体中、泥だらけで、髷も鬢も乱れきっていた。

「イヤアアッ」

新三郎は腰の刀を鞘走らせた。ここ数日の斬り合いで刀身は傷んでいる。おまけに鞘の中に砂利が入ってしまったようだ。スッパリとは抜けない。ゴリゴリと引っ掛かりながら抜けた。

「追い首の野郎ッ！」

頬の痩せこけた子分が大上段に斬りかかってきた。その時すでに新三郎は、鋭い出足で相手の間合いに踏み込んでいる。子分の胴を斜めに斬った。

「ぐわっ」

子分の腹が裂けて真っ赤な血飛沫（ちしぶき）と桃色の腸が噴き出した。子分は前のめりに倒れた。

次の子分が体当たりをかますようにして、長脇差を突きつけてくる。新三郎は手元に引き付けてから受けた。安物の長脇差がポキリと折れる。つんのめってくる子分をやり過ごし、目の前を通り過ぎたところで刀を振るった。

「ぎゃっ！」

子分は背中を斬られて転がった。

「おのれッ！」

「野郎ッ！」

勇ましく突進してくる子分たちを、一寸の見切りでやり過ごし、体をかわしざまに切り払う。手が、腕が、膝から下の足が、次々と千切れて飛んだ。

新三郎はビュッと血振りをくれて、刀身の血脂を払った。そして刀を担ぐようにして構え直した。

「ち、ちっくしょうめ……」

残っているのは千次郎一人。子分どもは皆、死んだか、あるいは半死半生の状態だ。

「野郎……、よくも、よくも、俺の一家を……」

洲崎ノ千次郎一家はもはや壊滅だ。子分を失ったら、もはや親分とは呼ばれない。

それでも千次郎は手のひらにペッと唾を吐いて、長脇差を握り直した。口惜しさに歯噛みしながら新三郎を睨みつける。が、しかし、腰から下が動かない。

千次郎自身はまったく気づいていないが、彼は立ったまま失禁していたのだ。あまりの恐怖に下半身の神経が麻痺している。膝はガクガクと震え、脚の筋肉は強張り（こわばり）、半歩も足を踏み出せない状態になっていた。

その時、新三郎の背後で凄まじい音が轟いた。

新三郎はハッとして振り返った。

「原口殿ッ！」

原口が掘削し続けた細い溝が、ついに、堤防の反対側まで達したのだ。逆巻く波が一気に溝を走っていく。怒濤の流れが周囲の土砂を巻き込んで堤の土を削り広げた。

新三郎の目で見ても、堤防が決壊しつつあることは一目瞭然だ。

「原口殿！　逃げろッ、逃げるのだッ」

このままでは原口まで流れに巻き込まれてしまう。しかし原口は、尚も無心に鍬を振り下ろし続けた。

新三郎は原口を救うべく走った。頭上の雲の切れ間から黄金色の光が放射状に差し込んでくる。原口善八郎の姿を眩しく照らし出している。彼の足元で弾ける飛沫は、虹色に陽光を反射させていた。

「原口殿ッ！」

その瞬間、原口の姿が消えた。一瞬にして流れに飲まれてしまったのだ。

新三郎はそれでも走った。跪いて拝むお楽の襟元を引っ摑み、力任せに引きずった。

「めしあ様が！　お楽もめしあ様と供に参ります！」

「馬鹿を言うな！　原口殿はお前たちを救うために犠牲となったのだ！　お前まで死んでどうする！」

新三郎はお楽の身体を脇に抱えて堤の上を走った。千次郎の横をすり抜けたが、千次郎は両目を見開き、大口を開けたまま、まったく身動きしなかった。

後ろを振り返る余裕もない。堤防の決壊する、凄まじい轟音が連続している。

新三郎はようやく足を止めた。

決壊部分から滝のように水が流れ落ちていく。

洪水が武蔵国の平野に広がっていく。元々はそこが利根川の流域だったのに違いない。低地に沿ってうねりながら南へ流れていった。

田丸屋幸左衛門も、洲崎ノ千次郎も、流されていったに違いない。

利根川の水位が目に見えて下がる。古河の辺りでも水位は低下し、壊滅的な大洪水の危機は回避されたのに違いなかった。

「めしあ様……」

お楽は両手を組んで祈り続ける。夕日が低い雲の中に沈んでいった。

第六章　薫風香る

一

新三郎、大黒主水、利吉、久助の四名は江戸に戻った。

道すがら、大水を被った田畑を横目にしながら旅してきた。

「まるで一面、海のようでございますなぁ」

公領の田畑はまさに、広大な湖のようになっている。

新三郎は原口が語った蘊蓄（うんちく）話を思い出した。かつて関東の平野は、下野辺りまで一円の海だったのだという。その当時の光景は、きっと、このようなものであったのだろう。

先日来の雷雨で梅雨空が吹き払われたようだ。初夏の青空が広がっている。地平の彼方に夏雲が湧き立っている。風が吹くと広大な水面にさざ波が立ち、陽光を反射させてキラキラと眩しく輝いた。

古利根川が氾濫して越ヶ谷宿の辺りで立ち往生させられたが、近在の百姓の小舟を借りて、どうにか乗り切ることができた。

古河から江戸までは男の足なら二日の道程である。それを一行は四日かかって、江戸に戻った。水害は日光街道にも、それなりの被害を及ぼしていたのだった。

新三郎はいったん家に帰り、泥にまみれた着物を着替えた。北武蔵では武士も農民もみな泥だらけで大水の中を逃げ回っていたのだが、さすがに江戸まで来ると増水の被害は見当たらない。泥まみれの新三郎たちは道行く者たちに好奇の目で見られ、口と性格の悪い江戸っ子や町娘たちから露骨に侮蔑の眼差しを向けられてしまった。

着替えをし、湯屋にも寄り、髪結床で髷を結い直してもらった新三郎は、ようやく人心地ついて、矢倉屋儀兵衛の店を訪れた。儀兵衛は稼業の元締めである。仕事の顚末を報告しなければならない。

新三郎はすぐに座敷に通された。待たされるまでもなく、儀兵衛が座敷に入ってきた。

「……という次第でござって、原口殿は、ご落命という仕儀と相成り申した」

新三郎は告げた。

「……なるほど、隠れキリシタンでしたか」

儀兵衛は遠くに視線を向けて、何事か考えを纏(まと)めている。数々の謎がこれでひとつに繋(つな)がった、という納得の表情をした。

「手前の調べが足りなかったばっかりに、白光様にはとんでもないご苦労をさせてしまいましたなぁ」

たしかに、キリシタンの一揆(いっき)などというのは想定外の大事件だった。だが、そんな大事を予見できたはずがない。キリシタンたちの存在は、キリシタンたち自身と、彼らを治める領主たちによって厳重に秘されている。

新三郎は忸怩(じくじ)たる思いを胸の内から吐き出した。

「原口殿を守りきることができなかった。これは拙者の不手際！　元締めにはなんと詫びをすればよいものやら……」

畳に手をついて低頭した。

「あ、いやいや。お手をお上げくださいませ」

儀兵衛は慌てて新三郎を遮った。


今回の仕事は、原口善八郎の伯父、西沢武大夫が持ち込んできたものである。

千住の宿場まで見送りに出てきた老武士だ。若くて頼りない善八郎の後見役であった。

原口善八郎自身は、父親の不始末の尻拭いをするために古河に向かったのだが、武大夫は善八郎に洲崎ノ千次郎を討たせるつもりで、追い首を雇った。

その善八郎が死んでしまった。

原口家は微禄といえども武家である。当主が死ねば、その死因や死に様を上司（原口善八郎の場合は勘定奉行所）や目付に届け出なければならない。

原口善八郎の死を見届けたのは白光新三郎だけである。新三郎も勘定奉行所や目付役所に出頭を要請された。

新三郎は矢倉屋儀兵衛に入れ知恵をされて、事の次第をできるだけ良いように粉飾、捏造（ねつぞう）した。

曰く、原口善八郎は見事、洲崎ノ千次郎と一家の者どもを懲らしめて手討ちにした(相手はヤクザ者なので敵討ちではない)。

千次郎を討ち取った原口善八郎は、つづいて忍藩近くの堤防が弛んでいるのを発見、公領を統べる勘定奉行所の役人として看過はできず、決壊を防ぐべく自ら鍬を手に取って奮闘したが、力及ばず堤防は決壊、しかし、最後まで諦めずに留まった善八郎は逃げ遅れて死亡した。

などと事実を元にしてでっちあげた嘘八百を並べ立てた。

白光新三郎は旗本の家に生まれた武士である。信用はある。

勘定奉行所も目付も、新三郎の証言をそのまま受理した。原口善八郎が最後にとった行動は、原口善八郎にとっても、勘定奉行所にとっても、幕臣全体にとっても、たいへんに名誉あるものであった。少しぐらいは疑わしいと思ったかも知れないが、不名誉な真実を暴き立てる必要などまったくない。格好の良い物語を事実として公儀の記録に留めるほうが何倍も素晴らしいわけである。

西沢武大夫も原口善八郎の死に様に大満足の態であった。

「白光殿、我が甥の最期を見届けくださり、かたじけのうござった」

と、新三郎に向かって白髪頭を深々と下げたのだった。

その後、矢倉屋儀兵衛は西沢の屋敷に掛け合いに行って、戻ってきた。

新三郎はどのように落着するのかと心配になり、矢倉屋で儀兵衛の帰りを待った。

「只今戻りましたよ」

さすがに気疲れした様子で、儀兵衛が座敷に腰を下ろした。

「それで、どうなりましたか」

西沢武大夫は今回の依頼人であり金主である。「善八郎を護れ」という依頼に失敗したからには、仕事料を払ってもらえないのはもちろん、損金まで支払わなければならないことも考えられた。

そのような理由で新三郎は、ハラハラしながら儀兵衛の帰りを待っていたのであるが、その儀兵衛は意外にもサッパリとした顔つきだった。

「先様はたいそう、ご満悦でした」

「ご満悦？」

すると儀兵衛は、皮肉げに頰を弛めて微笑した。

「西沢様とすれば、善八郎様が洲崎ノ千次郎を討ちとったのですから、ご親族の恥は雪いだわけでして、それはそれでご満足。さらには……」

「さらには？」

「後継ぎのいなくなった原口家に、ご自身のお孫さんをお入れになるおつもりのようでしてね」

家を継げない冷や飯食いの孫を原口家に押し込もうという魂胆である、と儀兵衛は言った。

「そういう次第ですからね、西沢様としては、善八郎様が戻って来なくても、なんら困ることはないわけでして。しかも善八郎様は名誉のお働きですからねぇ。営中の評判もたいへんによろしい。ご親族としては鼻が高いわけです」

儀兵衛は、この世の裏も表も知り尽くした曲者(くせもの)である。西沢武大夫の思惑などすべてお見通しだった。

「白光様、この度のお勤め料にございます」

三方を出して、その上に小判を十枚、並べた。

「西沢様から、たいへん世話になった、くれぐれもよしなに、とのお言伝でございましたよ」

なにやら割り切れぬものも感じたが、八方丸く収まったのである。自分も今度の一件では、嫌と言うほど苦労をさせられた。礼金を貰っても罰は当たらないだろう。

「ありがたく頂戴いたす」

新三郎は十両を受け取って懐に入れた。

二

新三郎は小判の重みをありがたく感じながら家に帰った。

——これで好きな蕎麦が鱈腹(たらふく)食える。いいや、たまには景気よく料理屋の暖簾(のれん)をくぐって、卵のふわふわを食いながら一杯やろうか。

などと考えた。

脇門をくぐって勝手口から屋敷に入る。台所で働く下女の肩越しに今夜の料理など覗きこんだ。

——おやまぁ。なんともお気の毒な兄上の食膳。お粗末な晩餐にございまするなぁ。

おもわずクスッと笑ってしまう。

出世のために上役たちに賄賂(わいろ)をばらまく兄は、まともな夕食にすらありつけぬほどに困窮しているのだ。

――さて、着替えを済ませて料理屋に繰り出すとするか。

などとほくそ笑みつつ、北向きの、自分の部屋に戻ろうとすると、

「ウオッホン！」

廊下で、兄が待ち伏せしていたのか、それとも偶然か、バッタリ顔を合わせてしまった。

「あっ、これは兄上」

新三郎は低頭した。忠太郎は物言いたげな顔つきで、しかし必死に威厳を取り繕って、視線を天井のほうに向けていた。

「新三郎、戻っておったのだな」

「はい。昨晩。……しかし兄上は、昨夜は夜勤の宿直（とのい）だったご様子。帰宅の挨拶が遅れましたこと、お詫び申し上げます」

「なに、構わぬ。わしの役目はお納戸を守ることじゃ。弟であるお前のことを心より案じ、無事な帰りを待ちわびておったのだが、ウム。役目柄、可愛い弟と行き違いとなっても仕方があるまい」

「これは、かたじけなきお言葉を頂戴いたしました」

「うむ。うむ。……して、仕事は無事に片づいたのか」

「ハァ、まぁ……、どうにかこうにか」

「左様か！」

兄の顔つきがパッと明るくなった。新三郎は早く自室に戻って着替えをしたかったのだが、兄が廊下に立ちはだかっているので通れない。

その兄が意味ありげな笑みを向けてくる。新三郎になにかを促すような顔つきで、

「ん？　ん？」と頷いたり微笑みかけたりしてきた。

新三郎は兄の顔つきの意味するところに思い当たって愕然（がくぜん）とした。

「あ、兄上、まさか……」

「まさか？　まさか、なんじゃ」

「まさか、わたしが旅立つ前に置いていった金子（きんす）を、すべて使いきってしまったのではございますまいな」

「おお、そのことよ！」

忠太郎は満面に笑みを浮かべて、得たりと大きく頷いた。

「そなたのお陰での、大島様を始め、お歴々を無事に接待することが叶ったわ。

喜べ新三郎！　このわしをのぅ、納戸役の組頭に出世させようという話が御重役様方の間で取り交わされておるのだ！　白光家の栄達、もはや叶ったも同然ぞ！」

新三郎が泥まみれで戦い、博徒の群れや雷鳴に追われて逃げまどっていたその間に、新三郎が以前の仕事で稼いだ金と、今度の仕事の手付金のすべてを使い果たしてしまったのである。さらに鉄面皮にも、いま矢倉屋から渡された仕事料まで求めてきた。

「ここで駄目押しじゃ。同役の者どもに差をつけるためにも、二回、三回と、寄せては返す波のように、接待攻勢をかけねばならぬのだ」

晴れがましい顔つきでそう言って、「ん！」と手のひらを突き出してきた。

新三郎は進退窮まった心地だ。「兄の出世は家の出世で自分の出世」それが江戸の部屋住たちの常識である。

新三郎は懐から財布の巾着（きんちゃく）を出して、兄の手のひらに載せた。

「うむ」

忠太郎は満足そうに頷くと、胸を傲然（ごうぜん）と張り、クルリと新三郎に背を向けた。

「ありがとう」も「ご苦労だった」も言わずに去っていった。

「あああああ……」

兄の背中を言葉もなく見送った新三郎はその場にへたりこんだ。頭を抱えて髷をグシャグシャに掻きむしった。

三

数日後――。忠太郎は自分の寝所の小引き出しや手文庫をひっくり返して大騒ぎをしていた。

「ない！　ない！　どこへいったのじゃ！」

押し入れから布団を引っ張り出して広げてみたり、文机を退かしてみたり、終いには長押に掛かった扁額の後ろまで覗きこんだ。

「どうなさいました、騒々しいこと」

妻の登代がやって来た。忠太郎が家具や什器をひっくり返したせいで部屋中に器物が散乱し、空中には塵が舞っている。登代は露骨に顔を顰めて口と鼻を袖で覆った。

「おお登代！　そちは知らぬか。わしの金！　わしの十両がない！　大島様を接待するために必要な十両がどこにもないのじゃ！」

忠太郎は敷物をひっくり返したり、四つん這いになって地袋を覗きこんだりしながら言った。

「ああ、その十両でしたら……」

登代はしれっとした顔つきで答える。

「わたくしが、大島様の奥方様を始め、あなたの上役の奥様方をお誘いしたのです。お芝居見物と芝居茶屋の払いに使いました」

「なんじゃとッ！」

忠太郎は血相を変えて妻に詰め寄った。

しかし登代はまったく悪びれた様子もなく、「それが当然だ」という顔つきで応じた。

「夫を出世させようと思うたならば、まず、上役様の奥方様の御心証を良くすることが肝心。わたくしは、あなたの出世のためを思えばこそ、そのように取り計らったのでございます」

などと殊勝に物申しているが、登代は数日来、「中村座の芝居が見たい」と、ことあるごとに口にしていた。ここのところ急に実力を伸ばしてきた若手役者、中村富乃助の評判が高い。娘時分から登代は無類の芝居好きである。評判を耳にすれば居ても立ってもいられなくなる。

忠太郎が新三郎から巻き上げた十両を見て、ついに欲望を抑えきれなくなり、上役の妻女の接待を口実にして好き勝手に浪費し、芝居見物を愉しんできたのに相違ないのだ。

しかも十両まるまる使い切ったのだから、芝居茶屋の座敷には若い役者などを大勢呼びつけて酌をさせ、大島の妻女ともども、思う存分に羽を伸ばしてきたのに違いなかった。

「う、ううむ……」

十両を丸々使われてしまった忠太郎は、顔面を真っ赤にさせたり、蒼白にさせたりした。

しかし、出世したければ上役本人だけではなく、その妻女にも怠りなく賄賂を贈って機嫌を取らねばならないこともまた、事実だ。「あなたの出世のためにしたことです」と開き直られたら、叱りつけることもできない。

「ううむ……。まぁ、それで、ご妻女様が御満足をなされ、わしの出世が叶うよう口利きしていただけるのなら……」

十両への未練は断ち切れぬが、しどろもどろになりながらそんなことを口にした。

「あら、あなた、新三郎殿が……」

新三郎が裏庭の枝折り戸を押し開けて外に出ていく。

登代はニヤリと妖艶に微笑んだ。

「この次は、せめて二十両ほど稼いできてもらえないものでしょうか。二十両あれば、富乃助を茶屋に呼ぶことだってできましたのに……」

評判役者を座敷に呼んで、大島様の奥様に酌などさせれば、いよいよ白光家の興隆は間違いなしだ、などと言って、登代は忍びやかに笑った。もちろん、酌をしてもらいたいのは自分である。

「うむ。うむ。たしかに十両では足りぬかも知れぬな。なんと申しても、白光家の浮沈がかかっておるのだ」

「では、新三郎殿に、よくよくお伝えくださいませ」

「うむ。新三郎には、きっと申しつけておく」

登代はパッと破顔して、忠太郎に身を寄り添わせた。

「嬉しい」

自分よりもずっと若く、家格も高い家の娘で、しかも自分の容貌とは不釣り合いに美しい妻にしなだれかかられて、忠太郎は意気地もなく、鼻の下を伸ばした。

「お前の働きぶり、まさに内助の功と申すべきだな。わしは良き妻を持った」

「きっと、お褒めいただけると信じておりましたわ」

登代がまったりと微笑む。

忠太郎は満足そうな笑顔を取り繕い、妻に向かって何度も何度も頷いたのであった。

『風聲　関八州御用狩り』（二〇一〇年九月　ベスト時代文庫）を
改題、加筆修正しました。

光文社文庫

長編時代小説

関八州御用狩り（かんはっしゅうごようが）

著者　幡（ばん）　大（だい）　介（すけ）

2017年12月20日　初版1刷発行

発行者　鈴木広和
印刷　堀内印刷
製本　ナショナル製本

発行所　株式会社　光文社
〒112-8011　東京都文京区音羽1-16-6
電話（03）5395-8149　編集部
8116　書籍販売部
8125　業務部

ISBN978-4-334-77579-7　Printed in Japan

組版　萩原印刷